余命半年、きみと一生分の恋をした。

みなと・著　Sakura・絵

野いちごジュニア文庫

今でも思い出すのは、きみの笑顔。
私は、その笑顔が大好きだった。
きっと、初めて会ったときからずっと——。

きみがいたから、恋する幸せを知った。
きみがいたから、いろんな気持ちになれた。
きみがいたから、強くなれた。
きみがいたから、世界が色づいて見えた。
辛いこと、悲しいことも、そばにいてくれたから、乗り越えることができたんだ。
だからね、とても感謝しているよ。

——今まで本当にありがとう。

余命半年、きみと一生分の恋をした。

人物紹介

日向晴臣

他校の女子からも有名なイケメンモテ男子で、遊んでいるという噂も。でも実はまっすぐで純粋な性格。

桃咲ひまり

普通の中学2年生。子供のころ白血病をわずらっていたけど、いまは元気いっぱい！　晴臣とバスの中で出会う。

もくじ

第一章 きみに出遭った北央の王子様

私立の明倫中学に入学して一年一か月と少し。まだ新緑が鮮やかな五月の初旬。

『次はー椿が丘北口、椿が丘北口に停車します。お降りのお客様は……』

通学バスの車内にアナウンスが響いた。今日はいつもよりもだいぶ帰りが遅くなってしまったので、バスの中は混雑している。かろうじてバスの座席に座れたはいいものの、さっきから近くに立つ他校の男子中学生の姿に緊張しっぱなしで落ちつかない。

背の高い彼はカッコよくて目立っているし、立っているだけで人の目を惹きつけるオーラがある。陽に透けると茶色っぽく見えるサラサラの髪がとても印象的。

『北央の王子様』

そんな異名を持つ私立北央中学の二年生、日向晴臣くんだ。

名前と学年は入学してから今日までにバスの中でリサーチ済み。

この一年間通学バスで一緒になるだけで話したことは一度もない。

「……はぁ」

ため息が聞こえてちらりと斜め上を見ると、日向くんは吊革につかまったまま、うなだれるようにして立っていた。心なしか顔が赤いような気がするし、目を閉じて眉間にシワを寄せている。

なんだか、様子がおかしい……。

大丈夫かな？　声をかけてみる？

でも、相手はあの日向くんだし勇気が出ない。

迷っているうちに、バスはどんどん進んでいく。次の停留所についたとき、私は意を決した。

「あ、あの……！」

人がたくさんいるバスの中で、緊張して手が震える。

私の声に気づいたらしい日向くんは薄目を開け、怪訝な眼差しをこちらに向けた。

目が合うとドキッと鼓動が跳ねて、さらに落ちつかなくなる。

「だ、大丈夫……？」

「…………」

「さっきから辛そうだけど、もしよかったら、ここどうぞ」

そう言って私はカバンを手にして座席から立ち上がろうとした。

「大丈夫だから」

素っ気なく言われて、顔をそらされてしまった。

大丈夫には見えないんだけど、それ以上どう言えばいいかわからなくて、いっぱいいっぱいだった私の体は恥ずかしさで熱くなっていく。

しばらくすると日向くんの眉間にはさっきよりも深いシワが刻まれて、おまけにカタカタと震え出した。

やっぱり辛そう……。でもまた断られちゃったら、今度こそ立ち直れないかもしれない。

いっそのこと黙って席を立つ？　余計なお世話かな？

ぐるぐる考えを巡らせていると、弱々しい視線を感じて顔を上げた。

大きくてパッチリした二重まぶたにキリッとした表情。スッと通った鼻筋に、形のいい唇。

日向くんと目が合って、鼓動が波打つ。

「ごめん……やっぱ、限界……っ」

え？　限界……？

「ど、どうぞ」

とっさに立ち上がり席を譲る。

「どうも……」

かろうじて聞こえるほどの声でそう囁くと、日向くんは倒れ込むように座席に座った。頭を窓に持たせかけて目を閉じている。

ゴホゴホッと重い咳までしてすごく辛そう。

しばらくすると、日向くんは寝入ってしまった。

終点間際になると席も空いて車内はガランとする。

カバンの中を探って、帰りに買ったばかりのいちごののど飴を取り出した。

迷いながらも、私はそれを日向くんのカ

バンの上にそっと置いた。

ドキンドキンとありえないほど鼓動が高鳴って、手に汗を握る。自分からこんなことをしたのは初めてだった。

苦しそうな人を見ると放っておけないのは、私自身が辛い病気を体験したからなのかもしれない。

それは小学四年生の冬——。

微熱が続き、風邪薬を飲んでも一向に熱は引かなくて。そうこうしているうちに体がダルくてダルくて起き上がれなくなった。

少しぶつけただけで痣ができたり、貧血で何度も学校で倒れたり。そんな状態が一か月続いて大学病院で診てもらうと、ある診断名が私に下された。

白血病……それはいわゆる血液のガン。

まだ小学校低学年だったから病気のことはよくわからなかったけど、お父さんが泣いてたから……きっと重大な病気なんだと思った。

抗がん剤治療の甲斐もあって、私の体から白血病細胞は消滅した。

『最長で四年間、再発がなければ完治したと考えていいでしょう』

主治医の先生にそう告げられてから、今年の冬で丸四年たつ。

今のところ再発の兆候はなく、楽しい学校生活を送っている。


三日後。

「おはよ、ひまり」

「あ、おはよう！」

学校につくと同じクラスの海堂苑子、通称『苑ちゃん』が真っ先に私の元へとやってきた。

苑ちゃんは中学生になってからできた親友で、テニス部に所属している姉御肌タイプの女の子。サラリと揺れるポニーテールがトレードマークの美人さんだ。なんでも話せる仲だけど、心配させたくないので、病気のことは知らせていない。

「苑ちゃん、英語の小テストの予習やった？」

「あ！　忘れてた！」

「ふふ、だと思った〜！　はいこれ、ヤマをまとめてきたよ」

「わ！　ありがとう！　さすがひまり！」

教科書を机にしまいながら、苑ちゃんにルーズリーフを渡す。

「すごいよね、ひまりは。みんなきっと小テストなんて気合い入ってないのに。真面目すぎる」

「そんなことないよ」

他愛もないこんなやり取りは、いつもの日常。苑ちゃんと一緒にいると、楽しくて気をつかわないからとても楽だ。

それにクラスも男女問わず仲がよくて、先月はみんなでカラオケに行った。明るくて目立つグループの男子たちが盛り上げてくれて笑いが絶えず、クラス仲はよりいっそう深まった。

数年前に闘病生活を送っていたころの私からは考えられないくらい、順風満帆な学校生活。

「おはよう、ひまりちゃん。苑ちゃんもー！」

「おはよう」

「ねぇねぇ、聞いて聞いて〜！」

隣の席の元気いっぱいの女子がやってくると、私と苑ちゃんに挨拶してくれた。笑顔で応えて三人でのお喋りが始まる。

話題を提供してくれるのはムードメーカーの美奈ちゃんだ。メイクをバッチリキメて、明るく染めた髪を毎日器用に巻いている。話の内容は今流行りのファッションだったり、芸能人やアイドル、学校内外の人気者の男子の話だったりさまざま。

私はうんうんと相槌を打っているだけ。目立つことなくひっそりと、それくらいがちょうどいい。

「そうそう、昨日の夜、駅で北央の王子様を見たの！」

ドキン――。日向くんのことだ。

「へぇ、またケンカでもしてたの？」

「それがさ、年上っぽいモデル系の美女と一緒だったよ」

「えー、彼女かな？」

ふたりの会話に耳をそばだてる。

彼女……。

いや、いてもおかしくはないよね。他校の日向くんは私たちの学校でもとても有名で、なにかと話題になることが多い。

女子嫌いだけど、高校生の美人な彼女がいる。ワガママでかなり性格が悪い。

どの噂もしっくりこないというか、日向くんとは似ても似つかない。

だって……私は知ってるから。本当の日向くんの優しさを。

この三日間、バスで姿を見かけないけれど、風邪はもう大丈夫なのかな。彼女と出歩いていたということは元気になったんだよね？　よかった。

「わー、遅くなっちゃった！」

学校を出ると、オレンジ色の夕陽がさしていた。学校からバスの停留所までは徒歩五分くらいで、バスの時間が迫っていたためダッシュで向かう。

「はぁ、はぁ」

その甲斐あってなんとかバスに間に合った。呼吸を落ちつかせるように胸に手を当てながら空いてる席がないか車内を見渡すと、一番後ろからひとつ手前、ふたりがけの席に学ラン姿の男の子が見えてドキッとした。

「あ」

やっぱり、日向くんだ。ぼんやりと外の景色を眺め、この前は辛そうだった横顔もいつもみたいに戻っている。

じっと見つめていると、不意に彼がこちらを向いた。

わ、どうしよう。目が合い、恥ずかしくてパッとそらしてしまった。ドキンドキンと、ありえないほどの胸の高鳴り。見ていたことがバレたら変に思われてしまう。

どうすればいいかわからず、うつむきながら手すりにつかまった。バスに揺られながらも、気になるのは日向くんのことばかり。なぜだか突き刺さるような視線を感じて顔を上げられない。

自分の顔が熱いことに気づいて、どうか日向くんに見られませんように……そう願ったとき。

「あのさ」

「へっ!?」

不意に声をかけられ、なんともマヌケな声が出た。

驚きすぎて目を見開く私の前に、澄まし顔の日向くんの姿があった。わざわざ席を立ってきてくれたらしい。

「これ」

日向くんはポケットからなにかを取り出し、私に差し出した。手の中にはスティックタイプのいちごののど飴。

「あ……」

これ……。この前、私が置いて帰ったやつだ。

「きみが置いといてくれたんだよね？」

「あの、喉……すごく辛そうだったから。余計なことしてごめんなさいっ！」

のど飴は未開封のまま。日向くんが寝てる間にカバンの上に置いたんだから、誰からもらったのかわからないものなんて普通は食べられないに決まっている。

私のバカ、絶対引かれてるよ……。

「いや、喉辛かったから助かったよ」

「え？」

「それに席も譲ってくれたよな？」

「…………」

「意識がもうろうとしてたから、はっきり覚えてなかったけど……目が合ったし、なんとなく直感で飴くれたのきみかなって」

あ、あれ。変に思われたわけではなかった？

まさかの展開に思考が追いつかず、突っ立ったままの状態で固まる。

「もらったのは全部食べたから。これ、お返し」

「え、と」

「同じので悪いけど」

わざわざ新しく買い直してくれたの？

表情を変えずにそう言い、日向くんはどこかぎこちなく自分の髪を触る。

「ありがとう、ございます」

おずおずと手を差し出せば、日向くんがポンと、のど飴をのせてくれる。軽く指先が触れて、慌てて手を引っ込めた。

「ん。こっちこそ」

日向くんの口元がゆるやかに微笑み、クールな印象から優しい雰囲気に変わる。

カッコいいなぁなんて改めて思い、胸の奥がチリッと熱くなった。触れた手がいつまでも熱くて、そこだけやけにじんじんしていた。


「……はぁ」

夜、自分の部屋でベッドに横たわり、もらったのど飴を眺めながらため息の連続。

日向くんの優しい笑顔が頭から離れない。目を閉じ、開けられないままのど飴を胸に抱きながら、日向くんと初めて会った日のことを思い浮かべた。

それは小学校六年生の夏休み、毎日のように通っていた塾の夏期講習の帰りだった。

たまたま立ち寄ったコンビニで飲み物を買って出ようとすると、派手な男子中学生た

ちがたむろしていた。彼らは入り口を塞ぐ形で輪になって、まわりの迷惑なんてお構いなし。扉の前は、人ひとりが通れるほどのわずかなスペースしかない。

ちょうど店に入ってこようとしたおばあさんの姿が目に入り、進路を譲ったけど、男子中学生の肘が、思いっきりおばあさんに当たった。

——危ない！

バランスを崩してよろけるおばあさんの腕を、私はとっさにつかむ。おばあさんはなんとか転ばずに済んだ。

『大丈夫ですか？』

『ええ、ごめんなさいね』

『いえ』

男子中学生たちはおばあさんのことなんて目に入っていないのか、こちらには目もくれない。

『あ、謝ってください……！』

気づくと大きな声で叫んでいた。普段から言いたいことが言えない私が、どうしてそんな行動に出たのかはわからない。

『はぁ？』

『なにこいつ、いい子ちゃん気取りかよ』

ものすごい形相で睨まれてしまい、足がガクガク震えた。しまいには変な汗が出てきて、気を抜くと卒倒しちゃいそう。

『おまえみたいに正義感振りかざすヤツ、マジで嫌い』

『どっか行けよな』

嘲笑うような声にカーッと顔が熱くなった。

『おい、おまえら』

そのときだった。怒りを含んだ低い声が聞こえたのは。

『邪魔だからどけよ』

『はぁ？　なんなんだよ、おまえ！』

『やべ、こいつ日向晴臣じゃん』

『え？　あの、日向……？』

男子中学生たちは顔色を変え、左右に退いた。そこに立っていたのは日向くんで、威圧感たっぷりの鋭い雰囲気にヒヤリとさせられる。

『謝れよ、ぶつかっただろ』

『…………』

誰もが皆、なにも言い返せずただ彼をじっと見ていた。

『す、すみませんでしたー！』

おばあさんにぶつかった張本人が頭を下げると同時に、この場から走り去った。その他の男子たちも逃げるように立ち去り、あたりはシーンと静まり返る。

『ごめんなさいね、迷惑かけちゃって。助かったわ、どうもありがとう』

おばあさんは日向くんと私に何度もお礼を言うと、店内に入っていった。

『きみも、大丈夫？』

『え、あ』

全身にじっとり汗をかいていたことを、今になってようやく自覚した。

『こ、怖かった……！』

『そう言うわりには、小さい体で強気だったけど』

さっきまでの威圧感はなく、とても優しい口調だった。

『そ、そんなことないです……！　すみません、助けていただいて』

『あいつらが悪いんだから気にすることないよ』

怖そうに見えて優しい人なのかな。よくわからないけど、助けられたのは事実だ。

『帰り気をつけて』

『あ、はい！』

時間にすると五分にも満たないことだったけれど、私は日向くんのことを忘れられなかった。だから中学生になって通学バスの中で見かけたときは、すごくドキドキしてしまった。

向こうはきっと覚えていないだろうけど、それでもよかった。

日向くんが『北央の王子様』と呼ばれていることを知ったのも、入学してすぐのころ。

あれだけカッコいいし目立つからモテるのもわかる。一度だけバスの中で女子に声をかけられていたけれど、そっけなく返事をしていたっけ。

人を寄せつけないオーラを放っているけど、バスの中でお年寄りがいたら席を譲るし、優しい人なんだよね……。

コンコンとノック音が響く。

窓際から小鳥のさえずりが聞こえて薄目を開けると、カーテンの隙間から陽光がさしているのがわかった。どうやら今日もいい天気らしい。

「う、ん……」

「ひまちゃん、起きてる？」

頭が重くてボーッとする。なんならまぶたも重くて下がっていきそう。

「そろそろ起きなきゃ遅刻するよ」

「え……？」

遅刻……？　遅刻……！

「もう朝!?」

ようやく意識がはっきりしてきて、布団をはねのけベッドから勢いよく起き上がる。

スマホを見ると、家を出る時刻の二十分前だった。

「わ、やばっ」

「ひまちゃん？　起きた？」

ドアの向こうから聞こえる声に返事をしている余裕はない。パジャマを脱いで、急いで制服に着替える。

チェック柄の青色のプリーツスカートにカッターシャツ、ワインレッドのリボン。ブレザーはベージュでベストは紺色。上下の組み合わせがとてもかわいくてすごく気に入っている。

中学生になりたてのころは、制服を着るのが待ち遠しくて毎朝鏡を見ていたっけ。一年一か月もたてばさすがに見慣れるけれど、それでもやっぱりかわいい。

肩下まで伸びたストレートの髪を、ブラシで簡単にセットする。そしたらいつもの私の出来上がり。

「お姉ちゃん、おはよう」

階段をおりる私に六歳の弟の晶がかわいく笑う。

「おはよう、あきくん」

頭を撫でると、うれしそうに頬を寄せてきた。

「ひまちゃん、もう行くの？」

リビングのドアが開いて中から母親が顔を見せた。背筋がピンと伸びて、インプットされている笑みを顔に貼りつけた。

「おはよう」

無理に笑っていることを気づかれないように、口角を上げて見せた。すると母親の後ろからきっちりとネクタイを締めたお父さんが姿を現す。

「ひまり、もう行くのか？」

「お父さん、おはよう」

「寝坊なんて珍しいじゃないか」

「えへへ、まぁね」

「お姉ちゃん、あのね！　日曜日は遊園地に行くんだよ！　お姉ちゃんも一緒に行こうよ」

遊園地……？

「えー私はいいよ、みんなで楽しんできて」

笑っていればたいていはうまくいく。だから私は笑うしかない。

「じゃあ行ってきまーす！」

家族に見送られながらマンションの部屋を出る。

うちは普通の四人家族だ。私が母親と弟とは血がつながっていないことを除けば、そう……ごくごく普通の。

マンションのエントランスを駆け抜けた。道路を挟んだ先に大きな森林公園がある。木々を横目に通りすぎて角を右に曲がると、すぐにバス停だ。

角を曲がると、ちょうど発車したバスのエンジン音がひときわ大きく響いた。

「う、嘘でしょ……」

ダッシュで追いかけたけど、距離はどんどん開いていく。

「はぁはぁ……」

膝に手をついてうなだれる。確実に遅刻決定だ。

うう、ショック……。

停留所に戻り、十分待ってようやく次のバスに乗ったけど、始業時間に間に合わないためか学生の姿はない。それにラッシュをすぎたから車内はとても空いている。後ろのほうに座ろうと思って、振り返ったときだった。

「あ……」

私の視線の先にはいつもの定位置で、外の景色を眺めている日向くんがいた。きれいな横顔に目を奪われて、自然と足が止まってしまう。

ドキドキしすぎて緊張する。こんな日に限って寝坊するとか、髪の毛が跳ねてたらどうしよう。そんなことを思いながら、日向くんと反対側の座席に腰を下ろす。

思わずチラチラ見ていると不意に彼がこっちを向いた。

――ドキン。

わー、どうしよう！　目が合ってめちゃくちゃ恥ずかしい。

「おはよ」

え……？　わ、私に言ってる……？

キョロキョロしてみるけどあたりには誰もいない。焦ってオロオロしていると、日向くんはおかしそうに噴き出した。

「きみに言ったんだけど」

「お、おはよう！」

まさか話しかけてもらえるなんて夢にも思ってなかった。

うう、顔が熱い。それにドキドキする。

恥ずかしさでいっぱいになり、とりあえず前を向く。そして肩にかけていたカバンをそっと膝の上に下ろした。すると、ヒヤッとした感覚が。

「きゃあ」

スカートが濡れていた。原因はカバンにあるようだ。

すぐさま中を確かめると、カバンの底が見事にビチャビチャだった。

「うわー、やっちゃった……」

どうやらマグボトルのフタがちゃんと閉まっていなかったみたい。走った拍子にカバンの中で倒れて中身が漏れたらしい。教科書やノート、カバンの中が悲惨なことになっている。

「タ、タオル……」

中を探るけど、朝急いでいたこともあって忘れたみたい。ああ、本当についてないよ。

「ほら」

「え……？」

うなだれた私の目の前に差し出された真っ白いタオル。思わず顔を上げると、日向くんがこっちに手を伸ばしていた。

「拭くの、持ってないんだろ？」

「え、でも」

とてもじゃないけど、日向くんのタオルを借りるなんてできっこない。新品みたいでふわふわだし余計に汚せないよ。

「麦茶だから匂いつくし、それにタオル茶色くなっちゃうかも……」

「いいから。俺もそういうの、よくやるし」

「…………」

どうしよう。本当にいいのかな。

「ありが、とう」

おずおずとタオルを受け取る。そのとき指先が軽く日向くんの手に当たった。

「ご、ごめんなさい！」

慌てて手を引っ込めてパッと前に向き直り、借りたタオルでカバンの中を拭く。その間ずっと日向くんから視線を感じた。

かすかに笑う声がしたのでこっそり横目で見ると、おかしさをこらえられない、というように肩を揺らしていた。その顔もさわやかでカッコいい。

うぅ、キラキラまぶしくて直視できないよ。

「や、なんか反応が新鮮っていうか」

「…………」

「面白くて」

ドキン。

照れたように笑う日向くんに、ますます顔が上げられない。

クールでそんなことを言いそうにないのに、動揺してしまい頭がパニックになる。それに日向くんの笑顔の破壊力ときたらとんでもない。一瞬で目を奪われて、日向くんのことしか見えなくなった。

「名前は？」

「ひまり……も、桃咲、ひまり」

「桃咲、ね。覚えた」

なんでだろう、日向くんに名前を呼ばれるとそわそわして落ちつかない。

「俺は日向晴臣。よろしくな」

「あ、うん……」

知ってるよ、とは口が裂けても言えなかった。

戸惑う距離感

「ひまり、ひまりってば！」

「え？　あ、苑ちゃん」

「お弁当食べないの？」

「た、食べる！」

昼休みの教室は騒がしい。私と苑ちゃんは、向かい合うようにしてお弁当を広げていた。食べかけの手が止まっていたことにハッとして、慌てて手を動かす。

「コスプレカフェって嫌だなぁ。私、絶対コスプレなんて似合わないのに。ひまりはどう思う？」

「うん」

「いや、『うん』って。聞いてる？」

「うん……って、なにが？」

やばい、ボーッとして適当に返事をしちゃってた。

「最近のひまり、なんだか変じゃない？」

「ごほっ！」

鋭い目で苑ちゃんは核心をついてきた。

でも、だけどなにがどうなのって聞かれても、うまく答えられない。自分でもよくわからないんだ。どうしてこんなにぼんやりしてしまうのか。

「なにかあったの？」

「な、ないない！　なにもない！」

「そうは見えないけど。ね、福島もそう思うよね？」

ちょうど私たちのそばで男子数人と話していたクラス委員長の福島は、頭がよくて真面目な理系男子。

「え、俺？」

「うん。最近のひまりは変だよね？」

「へ、変じゃない変じゃない！　もう、福島にまでそんなこと言うのやめて〜！」

彼は、苑ちゃんと一緒で中一から同じクラスの男子生徒。

男子の中では一番話す相手だけど、学校で会話するだけでプライベートで遊んだりしたことはない。恋愛感情からは遠く離れた、まったく気兼ねしない間柄。

「桃咲がなにか変なの？」

「なんでもないから気にしないで」

そう言って無理やり話を終わらせ、残りのご飯をパクパク食べる。苑ちゃんはそれ以上なにも言ってこなかったけれど、不思議そうな顔をしていた。

今日、日向くんに借りたタオルを持ってきたけれど、朝はバスが混雑していてなかなか話すチャンスがなく、返せなかった。となると、帰りのバスなんだけど……会えるかな？

会いたいな、会えたらいいのにな……。

そればかり考えていたら、ついつい上の空になっちゃったんだよね。

放課後が待ち遠しくて仕方ない。

まるで魔法にかかったみたいに、頭から日向くんのことが離れない。昨日の夕方は会えなかったから、今日は会えますように……。

学校を出て、停留所でバスを待つ。彼が乗っていますように。心の中でそう唱えながら、到着したバスに乗り込んだ。

「よっ！」

背後から低い声がした。私への挨拶だとわかるのに数秒かかったのは、彼はいつも座っている後部座席ではなく、入り口付近の吊革につかまって立っていたから。

頭ひとつ分の身長差があって見下ろされる形になった。手足もスラッとしていて立ち姿がとてもきれい。

「こ、こんにちは！」

気が動転して思わず頭をペコリと下げる。うれしいけれど、わー、どうしよう。緊張するよ。

そんな私を見て日向くんは小さく笑った。その笑顔に鼓動がトクンと跳ねる。

挨拶の流れで日向くんの隣に立って手すりにつかまる。なんだか、まわりの女の子たちからの視線が痛い。

「わ」

バスがカーブを曲がる瞬間、足元がふらついて体が揺れた。

その拍子に空いていた距離がグッと縮まり、日向くんの胸に飛び込む体勢に。日向くんが不安定な私の体を片手で支えてくれた。

「大丈夫か？」

「‼」

あまりにも近い距離に日向くんの顔があってハッとする。尋常じゃないほど体が熱くなって、顔が赤く染まっていくのがわかった。

「桃咲？」

耳元で優しく名前を囁かれ、私の心臓は爆発寸前。

「だ、大丈夫！　ごめんね！　もうホント大丈夫だからっ！」

真っ赤な顔を見られたくなくてろくにお礼も言わず、背を向ける。昨日だって笑われたばかりなのに。なんだか私、変なところばかり見せてるよね？

日向くんを前にするといつもの私でいられなくなる。せっかく声をかけてくれたのに、かわいくない態度ばっかり。

「はは」

「な、なんで笑うの？」

そっぽを向いたたまま尋ねる。

「面白いから」

「………」

また、面白いって……。

どういう意味で言われてるんだろう。

それ次第でショックを受ける可能性もあるんだけど。

「なにへこんでんの？　マジでわかりやすいよな、桃咲は」

「わかりやすい？」

思わず振り返った。

「考えてること、顔にめちゃくちゃ出てる」

「うっ」

ってことは、さっき赤くなってたのも気づかれてた？

「なんか、桃咲と話してると楽しいよな」

「え？」

た、楽しい……？

それはかなりうれしい、かも。

「あ、そうだ。……あの、これ、ありがとう」

カバンの中からタオルを取り出して渡す。

「あー、いつでもよかったのに」

「ううん、借りたものはすぐに返さないとね」

「律儀だな」

そう言ってまた小さく笑う日向くん。

彼のたったひとことで、上がったり下がったりする私のメンタル。まだ信じられない。

ずっと見ているだけだった、憧れの日向くんと今こうしていることが。


その日から、私たちはバスの中で話をするようになった。

バスに乗るとまず日向くんの姿を探して、姿が見えなかったら、あからさまに落ち込んで。

行きも帰りも会えなかった日は、夜寝る前に宝物の「四つ葉のクローバーの栞」にお願いするんだ。

明日は会えますように……。

そうして眠りにつくと、不思議なことに、翌朝日向くんがバスに乗ってる。きっと、この四つ葉のクローバーが奇跡を起こしてくれたんだ。なんて、中学生にもなって信じてるなんて自分でもバカげてると思うけど。

ブレザーのポケットから栞を出して、あらためて眺める。

これは、私が五歳のときに亡くなった実のお母さんと、公園で見つけた四つ葉のクローバーを栞にしたものだ。お母さんが、押し花にするとずっと持っていられると言って、一緒に作った。

ところどころ擦れて古くなっているけれど、今も肌身離さず大事に持ち歩いている私の宝物。


「おつかれ」

放課後の帰り道、バスの中にはオレンジ色の陽が差している。日向くんの髪の毛がキラキラ輝いていてとてもきれい。

「お、疲れさま」

まだ普通に話すのは慣れないけれど、日向くんの隣にいるのはずいぶん慣れた……ような気がする。

「それって四つ葉？」

お母さんの思い出に浸って手にしていた栞を、日向くんが見つけた。

「うん……！　かわいいでしょ？」

「俺にはただの葉っぱにしか見えない」

「葉っぱって……！　四つ葉のクローバーってね、どんなお願いも叶えてくれるんだよ！奇跡の葉っぱなの！」

「はは、そこ力説されても。葉っぱじゃん？」

「えー夢がないなぁ」

日向くんは悪びれることもなく笑っていた。私の前でよく笑顔を見せてくれるようになったのは、仲良くなってる証拠なのかな。

「なんか願ったんだ？」

そう言われてギクッとする。

——『日向くんに会えますように』

会えない夜に悶々とそんなお願いをしていると知られたら、怖がられるに決まってる。

だから、言えるわけない。

「ヒミツ！」

「顔、赤いけど？」

「えっ!?」

私は慌てて顔を背ける。

「なんか変なこと願ってんじゃねーの？」

「そ、そんなことないよ」

「両想いになれますように、とか？」

ドキン。

やだ、なんで意識しちゃうの。日向くんの顔、まともに見られないよ。

「そんなんじゃないから……。ただ私は四つ葉のクローバーがすごく好きなの。それだけ」

必死に平静なフリをしてそう言えば、日向くんは「ふーん」と興味がなさそうに窓の外に目を向ける。

もっといろんな彼の顔を見たいと思うのは、どうしてかな。もっと日向くんと一緒にいたい。

数日後の帰り道、最寄りの駅から家まで徒歩で二十分。途中近くのスーパーに寄って母親に頼まれた買い物を済ませる。

「よし、これで最後かな」

大した量じゃないけれど、どこになにが売ってるのかわからないから、少し時間がかかってしまった。

レジに並んでいると背後から肩をトンと叩かれ、振り返る。

「よう」

「日向くん!?」

そこには制服姿の日向くんがいた。

まさかこんなところで会うなんて。

「どうしてここに？」

「姉ちゃんのパシリ」

「お姉さんの？」

「ここにしか売ってないドーナツ買ってこいって」

面倒くさそうに息を吐き出す日向くん。

へえ、お姉さんがいるんだ。しかも、言うこと聞いて買いに来ちゃうなんて、かなり意外かも。

「あはは、パシリって」

「おい、なに笑ってんだよ」

だってそんなキャラだとは思わなかったんだ。クールで、どちらかというと家族を遠ざけていそうなイメージだったから。

「日向くんって優しいよね」

「え？」

「あ、いや、えと、変な意味はなくて」

私の言葉に、照れくさそうに頬をかく日向くん。家での顔が垣間見えて新鮮だった。

会計を終えて袋に詰めていると、支払いを済ませた日向くんが私のそばに来た。そして私の買い物袋をさっとつかむと、「行こう」と言って日向くんは歩き出した。

え？　なんで？　どういうこと？　慌ててあとを追いかける。

「日向くん、私が持つよ」

「いいよ、こんくらい。全然軽いから」

「でも」

「いいって。もう暗いし送ってく。前みたいに不良に出くわしたら大変だし？」

「え……？」

不良に出くわしたらって……まさか、小学生のときのことを言ってる……？

いや、でも、覚えてないはずだよね。日向くんはなんだか意味深に笑っていて、もしかすると全部わかっているのかなって気にさせられる。

「ほら、行くぞ」

「あ、うん……！」

だけどそれ以上は聞けなくて、私は慌てて彼のあとを追いかけた。

ふたりで並んで歩く夜道に会話はなくて、ただただ緊張しながら足を前へと動かす。

日向くんは無表情でなにを考えているかわからない。

でも、やっぱり優しい人。

日向くんの隣にいると心がふんわり温かくなる。他の誰かじゃこんな気持ちにはならない。日向くんだけが私の特別。だけど、こんなふうにされると期待しちゃうよ。もしかしたら、私も日向くんにとって、特別な存在なんじゃないかって。

いや、ダメダメ。だって相手は王子様級のイケメン。相手にされていること自体が信じられない。きっとそんなんじゃないから。でも……。

そんな葛藤を繰り返していると、あっという間に自宅マンションに到着した。

「うち、ここなんだ。送ってくれてありがとう」

そう言いながらスーパーの袋を受け取るために手を伸ばす。

「じゃあ、またな！」

「ありがとう……バイバイ」

片手を上げて走り去る日向くんに慌てて手を振り返した。

よくわからないイライラ【晴臣side】

朝の騒がしい教室で、机に伏せて寝たフリをしていると肩を叩かれた。

「晴、おはよう」

「…………」

せっかく人がいい気分で寝てたってのに、いつも邪魔しやがって。顔を上げて恨めしい視線を向けても、目の前のクラスメイト、歩はニッコリ笑っているだけ。

「おいおい、そんなに睨むなよ」

「べつに睨んでないし」

「ま、元から睨んでるような顔だもんな」

「…………」

はっきり言いすぎにもほどがあるだろ。

髪をかき上げながら笑う歩は、小学校の同級生でもあり一番の親友でもある。知的な黒髪とオシャレ眼鏡のせいで優等生っぽく見えるけど、はっきりズバズバものを言うし、遠慮って言葉が欠落しているようなヤツだ。

「怒るなよ、冗談だろ」

「ふんっ」

「かわいいなぁ、晴は」

「はぁ？」

かわいい？

「いちいちムキになってそっぽ向くとこが、子どもみたいでかわいい」

歩を『さわやか王子』なんて呼ぶ女子もいるけど、どう見ても腹黒猫かぶり男にしか見えない。それも俺の前でだけというのが厄介だ。

「それより最近はどうなんだよ？」

素早く自分の席にカバンを置くと、空いていた俺の前の席に座って問いかけてくる。

「最近って？」

「なんか隠してるだろ、晴」

鋭い突っ込みをしてくる歩にギクッとした。こいつは昔から勘が鋭いというか、観察眼に長けていて、俺の下手なウソはすぐに見抜かれる。

「な、なんも隠してないよ」

普通にしようと思えば思うほど、疑われているとわかってボロが出る。

「いーや、怪しいな。おまえはなんかあるとすぐに目をそらすクセがあるんだから」

なんだ、こいつ、マジで。

「なんだよ？　なに隠してるんだ？」

「だから隠してねーって！」

「バスかなんかで、かわいい子でもいるんだろ？」

「えっ……」

「遅刻魔だったおまえが毎朝ちゃんと来てるし、帰りも猛ダッシュで帰ってく。これはもう通学路でなんかあるとしか思えないよ」

どんだけ鋭いんだよ。探偵か。

「素直に吐いたほうが身のためだぞ」

「う、うるさいな！　そんなんじゃないって言ってるだろ！」

いくら否定してみせても歩はからかうように笑うだけで、確信を得ているような顔を崩さない。

「ほら、チャイム鳴るから席に戻れよ」

話を終わらせたくて、しっしっと追い払う。

「俺、今日部活休みだし、たまにはバスで帰ろっかな」

意味深にクスッと笑うと、歩は席に戻っていった。


帰りのバス内はほどよく空席もあり、朝とは違って余裕で座れる。これがもう少しあとになると、帰宅ラッシュと重なるためそうはいかない。だから、なるべく夕方の早い時間帯のバスで帰るのが常だ。

今日はいつもの定位置ではなく、歩と並んで一番後ろの座席に座っている。スマホをいじるフリをしながら、内心ではそわそわして桃咲の乗る停留所につくのを待った。

バスが到着し、後部扉から桃咲が乗ってくる。目が合うと、彼女は口元をわずかにゆるめた。

「あの子？」

歩が隣で笑ったのが気配でわかった。

「期待以上にかわいいね」

「………」

声を弾ませる歩にモヤッとした。

「日向くん、お疲れさま」

「うん……お疲れ」

会話をする俺たちを見て、歩が「え？」と驚いたような声を出す。

桃咲はそんな歩に小さくペコッとお辞儀した。そして少し迷った素振りを見せ、俺たちから離れた席に座ろうとする。それを歩が引き止め、俺の隣に座るように桃咲に声をかけた。

戸惑いながらも桃咲が俺の隣に座ると、歩はさっそく身を乗り出す。

「ふたりは知り合いなの？」

「あ、はい。って言っても、ついこの間話すようになったところなんですけど」

自然な流れで自己紹介をするふたり。

「ひまりちゃんっていう名前なんだ」

「はい」

「っていうか、タメなんだから敬語はやめようよ」

「あ、はい……じゃなくて、うん！」

「ひまりちゃんの中学校ってかなりの進学校だよね。一日中勉強ばっかしてるイメージだな」

「ううん。もうすぐ学校祭だから、みんな準備にすごく張り切ってて。そんなに勉強ばっかりしてるわけじゃないよ」

「へえ、そっか。学校祭って、ひまりちゃんはなにやるの？」

「うちのクラスは、コスプレカフェだよ」

「すげえ、なにそれ？」

……歩のヤツ、なんだか俺より仲良くなってないか？

ひまりちゃんって……初対面なのに馴れ馴れしすぎる。桃咲も俺と話すときより笑ってるし。

誰とでもすぐに仲良くなれるのが歩のいいところ。初対面の相手にもガンガン話しかけて懐に入り込み、打ち解けるのも早い。歩の笑顔には人の心を惹きつける力がある。

だけど、なんだか面白くない。こんな気持ちは初めてだ。

それにコスプレカフェって……。桃咲がどんな恰好をするのか、気になる。

「なにムスッとしてんだよ」

「べつに……」

「晴、ウソつくの下手すぎ」

耳元で歩に小さく噴き出され、イラッとした。すべて見透かされているような気がするのも、また気に食わない。

桃咲がバスを降りたあと、歩はニヤニヤしながら俺を見て言った。

「へえ、晴が他校の女子をねぇ。へーえ」

「なんだよ？　いいだろ、べつに」

「ただビックリしてさ。マジで意外だったから」

確信を得たような顔で笑っているこいつが憎たらしい。

「面白がってるだろ？」

「いやいや、俺はうれしいんだよ。強引な姉ちゃんに振り回されてるおまえは、いつも冷めた目で女子を見てたからな」

家では横暴な姉にパシリとして使われ、外に出ればよく知らない女子たちに勝手に騒がれ、告白を断ると、ひどいだの冷たいだの散々言われる。

女子って面倒だし、すぐ怒るし、ちょっと言ったら泣くし。今まで彼女がほしいと思ったこともなければ、好きになったこともなかった。

「ひまりちゃんは晴にとって特別な子なんだろ？」

「なんだよ、特別って」

「すっげー優しかったよ、ひまりちゃんを見る晴の目は」

「そんなわけ……ないだろ」

桃咲が特別だなんてそんなわけがない。でも、強くそう言い返せなかった。

モヤモヤ

数日後の週末。バスに乗って、たくさんの人でにぎわうショッピングモールへ向かった。

もうすぐ苑ちゃんの誕生日だからプレゼントを買いに来たんだけど、どんなものがいいかなぁ。雑貨屋さんに入って流し見しているけど、どれもピンとこなくて、一時間くらい探し回っている。

まだ見つかっていないけど、歩きすぎて疲れたからちょっと休憩しよう。

フードコートに行き、人気のアイスクリーム屋さんの列に並んだ。今日はなににしようかな。ショーケースの中を覗きながらアイスを選ぶ。

「これこれー！　ここのアイス、食べてみたかったの」

ふと、後ろで声がした。

「ねぇねぇ、どれにする？」

「べつに、なんでもいいんじゃね？」

聞き覚えのある声に顔を上げて、振り返る。

えっ……？　日向、くん……？

ふたりは真後ろではなく、私のあとに何人か挟んで列に並んでいた。

「なんでもって、晴臣は相変わらず適当なんだからー」

「いいだろ」

ぶっきらぼうな日向くんの声にバクバクと心臓が激しく鳴る。

「見て、後ろのカップル。美男美女すぎてやばい」

「わ、ホントだ。お似合いだね」

私の前に並んでいた女の子たちが、後ろをチラチラ振り返っている。

『北央の王子様には高校生の美人な彼女がいる』

いつしか噂されていたのを思い出して、胸がギュッと締めつけられた。信じたくなかったけど、あの噂は本当だったんだ……。

アイスを食べる気分ではなくなり、私は列から外れると、ふたりがいる方向とは逆に足が動いていた。

心臓が、胸が、ものすごく痛い。もしかしたら日向くんも私を特別視してくれているかもなんて、そんなふうに自惚れていた自分が嫌になって、涙がじんわり浮かんだ。

勝てっこない、あんなきれいな人に。

それになによりも、ふたりはすごくお似合いだった。私なんかとは比べものにならないくらい絵になっていた。

うつむきながらショッピングモールを出て、ちょうどやってきたバスに飛び乗った。家に帰ってなにをしていてもふたりの姿が離れず、週末は暗い気分のまま過ごした。

●●●●●●●●●●●●●

月曜日、どんな顔で日向くんに会えばいいのかわからなくて、かなり早い時間のバスに乗って登校した。いつもみたいに、うまく笑える自信がない。

重い心を引きずりながらの一日はあっという間にすぎて、放課後は学校祭の話し合いに参加し、それが終わると今度は教室で自習をして時間をやりすごす。

日向くんがバスに乗っているかもしれない時間帯を避けて、最終下校に近い時間に学校を出る。

そんな日々を過ごしていた。

それなのに……。

「桃咲！」

ドクン。名前を呼ばれただけで、心が反応する。声を聞いただけで、それが誰なのかはすぐにわかった。ふと視線を下げた先には、見覚えのありすぎるスニーカー。

「久しぶりだな」

どうしよう……顔が見られないよ。

だけど心とは裏腹に胸が弾んでいる私がいる。バスでまた会えてうれしいなんて、辛いはずなのにどうしてそんなふうに思っちゃうの？

「桃咲？」

なかなか顔を上げない私を不審に思ったのか、日向くんは半歩私に近づき、顔を覗き込んできた。

「あ、えっと。本当に久しぶりだね」

「このごろバスで見かけなかったけど、どうかしたのか？」

「え……いや、あの」

まさか日向くんを避けていたなんて言えるわけがない。

「風邪でも引いたのかって、ちょっと心配してた」

「違うよ、元気だから大丈夫」

「ならいいんだけど、ちょっと不安だった」

「え？」

「……避けられてたら、どうしようって」

「…………」

日向くん言いにくそうにつぶやくと軽く目を伏せた。

期待しちゃダメなのに、胸が高鳴り始める。避けてないよ、そう言いたい。でも勇気がなくて、言えなかった。

日向くんはそれ以上なにも聞いてこなかったけど、黙り込んだ私を見てなにかを察したらしい。気まずい空気のままふたりバスに揺られて、私が降りる停留所まではもうすぐだ。

「……明日は会える？」

日向くんがポツリとつぶやいた。

やけに真剣な声。まるで今朝まで私がバスに乗っていなかったのが、寂しかったとでも言いたげな表情。

　ううん、そんなわけない。私の勘違いだ。だって日向くんには、高校生の美人な彼女がいるんだから……。

　胸が押しつぶされそうになって拳をギュッと握りしめる。

「あ、明日も早いバスかな」

　本当は会いたい。でもこれ以上会うと、自分の気持ちに歯止めがきかなくなりそうで怖い。期待しちゃダメ……。

「じゃあね、バイバイ」

　ぎこちなく手を振って、日向くんに背を向ける。すると不意に後ろから腕をつかまれた。

「俺は会いたいんだけど」

え……？

つかまれたところが、じんじん熱い。鼓動がどんどん速くなって顔が熱を帯び始める。

勘違いしちゃダメ。そんな意味で言ったんじゃないんだから。友達として……きっとそういう意味。

だからお願い。静まれ鼓動。

次の日、悩みに悩んで一本早いバスに乗った。やっぱりまだ日向くんに会う勇気はない。

バスに乗った瞬間、いつもの場所に立つ人物に激しく動揺した。

な、なんで？

「おはよう」

どうして日向くんがいるの？

眠たそうに目をトロンとさせ、寝癖がついた髪を触っている。見上げた横顔は、どことなくバツが悪そう。

「お、おはよう」

混雑しているので会話はあまりできない。でも私は、隣に立つ日向くんから目が離せなかった。並んで立っているだけでドキドキして落ちつかない。

——『俺は会いたいんだけど』

キキィ。

バスがカーブを曲がる瞬間、前に立っていた人に押され、手すりから手が離れてしまった。

「きゃ」

体が大きく揺さぶられ小さく悲鳴を上げる。するとその瞬間、腰に腕が回されたかと思うと、私の体を日向くんが力強く支えてくれる。

「ご、ごめんねっ」

恥ずかしくてとっさに離れようとしたけれど、足元が揺れてうまく立っていられない。

密着しすぎていて日向くんの顔がすぐそばにあった。

「つかまってろよ」

「だ、大丈夫だから……！」

だってね、これ以上密着してたらおかしくなりそう。

「桃咲」

「…………」

わざとなのか耳元で艶っぽい声を出す日向くんは意地悪だ。

「無理せずつかまってろって」

しかも、ガッチリと腰をホールドしたまま離してくれない。私の顔は誰がどう見てもわかるほどに真っ赤で、そばに立つ日向くんが小さく笑った。周囲からぐさぐさ刺さる無数の視線が痛い。

「日向くんの彼女？」

「嫌だ、ウソでしょ⁉」

ものすごく誤解されている。でも、日向くんには彼女がいるんだから、私なんて足元にも及ばない。

平坦な道になったとき、私は日向くんから離れた。早くついて、早く。そう願いながらバスに揺られていた。

「じゃ、じゃあね、バイバイ」

もう会わないほうがいい。会ったらもっと好きになる、きっと取り返しがつかなくなる。

「またな」

だから私は、そう言われてもなにも返せなかった。

帰りのバスも遅い時間にした。

「あれ、桃咲、今帰り？」

バス停で待っていると福島が来て、隣に並んだ。

「珍しいね、福島がバスなんて」

普段は電車通学の福島だけど、今日は違うらしい。理由を尋ねると、このあと地元の友達と会う約束があると言う。

他愛のない会話をしながら待っているとバスがやってきた。会いませんように……乗っていませんように。

意を決してバスに乗り込んだはずが、自然と目が向くのは日向くんのいつもの定位置。

ドキッ。

なんで会っちゃうかな。

「後ろのほう空いてるぞ」

「あ、うん……」

「お、あそこにいんの噂の王子様じゃん」

福島の声に反応することができない。強い視線に顔を上げると、驚き顔の日向くんと目が合った。まるで時が止まったかのように動けない。

なにか言いたげな日向くんだったけど、声をかけてくることもなく、しばらくするとプイと顔をそらされた。

「桃咲、ここ座ろうぜ」

私は言われるがまま、福島の隣に並んで座る。地元の停留所につくまでの三十分間、福島とどんな話をしたのか、ほとんど記憶にない。

斜め前に座る日向くんはこちらを振り返ることもなく、ずっと窓の外を眺めていた。

第二章　きみに恋した

初恋

「ただいま」

「おかえり、ひまちゃん」

家に帰ると母親が慌ただしくしていた。

「どうかしたの？」

「晶が熱出しちゃって今から病院に行くの」

「え、あきくん大丈夫？」

「微熱だから大したことはないと思うんだけど、念のためにね。夕飯を作る時間がなかったから、テーブルの上にあるお金を使ってね。本当ごめんね」

「ううん、行ってらっしゃい」

母親に手を引かれて家を出るあきくんを見送った。しばらくするとお父さんから連絡が来て、このままふたりのところに行って一緒に帰ってくるらしい。

ひとりぼっちでちょっと心細い。でも、こんなのは慣れっこだ。

小学五年生のときにお父さんが再婚するまで昼間はずっとひとりだったから。とはいっても入院生活が長いのもあって、そこまで寂しさは感じなかったから。

あきくんは母の連れ子で、私はお父さんの連れ子。よくある子連れ同士の再婚で私たちは家族になった。それでも私の心には前のお母さんが住み続けていて、新しい母を『お母さん』とはまだ呼べないでいる。

あきくん、大丈夫かな……。そんなことをぼんやり考えながらリビングのソファで横になっていると、いつの間にか眠ってしまった。

目が覚めると、あたりは真っ暗。お腹が空いて念のため冷蔵庫の中身をチェックしてみたけど、すぐに食べられるようなものは入っていない。

テーブルの上に置かれたお金をカバンに入れ、近所のスーパーへ行くために家を出た。

スーパーの惣菜売り場で、食べたいものを選んでいるときだった。

「桃咲？」

名前を呼ばれてビックリした。だって二度目はないと思っていたから。ありえないよ、本当に。どんな偶然なの。スーパーでまた日向くんと出くわすなんて。

「ぐ、偶然だね」

「まぁ、な」

なぜだか気まずい空気が流れている。私はどんな顔をすればいいかわからなくて、とっさに目をそらした。

「またお姉さんにドーナツ頼まれたの？」

「いや、今日は一緒に来てる」

「え？」

「晴ー、あんた早く選びなさいよ。さっさとしないと置いて帰るけど」

前から歩いてきたのは、この前ショッピングモールで見た〝彼女〟だった。

一緒にって……まさか。

「あら？　あらあらあら？　誰なのかなぁ？　この子は」

「うっせーな、関係ないだろ」

〝彼女〟は私を見ると、日向くんの肩を抱きながら、からかうように笑った。

「どうも、姉の実乃梨です」

「えっ？」

お、お姉さん……？　美人な彼女さんは、お姉さんだったんだ……？

まさか私の勘違いだったなんて。

「姉ちゃんがいきなり入ってくるから、桃咲がビックリしてるだろ」

「あたしが悪いって言いたいの？　生意気ね、あんたは」

「そっちは横暴すぎるけどね」

どうしよう、うれしい。ふたりのやり取りを見守りながら、思わず頬がゆるむ。

「は、初めまして、桃咲ひまりですっ！　よろしくお願いします！」

「はは、元気すぎ」

緊張して声が震えた。しかも勢いよくお辞儀しすぎてふたりに笑われてしまった。

「ひまりちゃんね。かわいいじゃないの。うん、あたしは気に入ったよ。晴、がんばりなさい。じゃあね」

「おい、どこ行くんだよ？」

「彼氏がすぐそこまで迎えに来てるの。ひまりちゃん、晴臣は無愛想で無口なヤツだけど、いい男だってことは保証するわよ」

実乃梨さんは私の肩をポンと叩いてからかわいく笑うと、スーパーの出口へと歩いていった。

「マジでごめん！　あいつが変なこと言って」

「ううん！　全然だよっ！　カッコよくて美人でいいお姉さんだね」

「いや、かなり横暴だぞ」

「あはは、でも仲良さそうだったよ」

私が笑うと、日向くんはホッと息を吐いた。そして、だんだんしかめっ面になる。

そんな様子がなんだかかわいく見えた。お姉さんの前ではちゃんと弟キャラなんだ。

また新たな一面を知れてすごくうれしいなんて、これじゃあまるで日向くんのことが好きみたい……。

いや、好きみたいじゃなくて、もうここまできたら認めないわけにはいかないよ。

私は……日向くんが好き。

「えっと、あの……、じゃあ私はこれで」

「送るよ」

「いやいや、大丈夫だよ」

首を振って断る。とてもじゃないけれど、今ふたりっきりになるのは避けたい。

「あいつと来てる、とか？」

「え……？」

なぜだか鋭くなった日向くんの顔つき。ぴりっとした空気をまとって、緊張感に押しつぶされそうになる。

あいつ……？

「帰りのバスの中で、やけに親しげだったから」

帰り……？　もしかして福島のこと……？

「違うよ、ひとりだけど」

「ふーん……」

やけに不機嫌そうなトゲのある声だった。私の勘違いかもしれないけど、日向くんは、なんだかスネているように見える。

「すっげー楽しそうだったじゃん」

ムッと唇を尖らせる日向くん。

福島はただの友達だって、きちんと答えるべきなんだろうけれど……ダメだ。

「ふ……」

「なに笑ってんだよ」

「ご、ごめんね。なんだか日向くんが子どもみたいで。あはは」

「…………」

無言で頭をグリグリ小突かれた。

「バーカ……」

耳元で小さく囁かれた声に、ありえないほど鼓動が跳ねる。

「もういいだろ、笑うな。行くぞ」

「あ……うん」

結局、日向くんに家まで送ってもらう流れになった。福島のこと、きちんと説明したほうがよかったかな。でも、なにも言える雰囲気じゃなくなった。

福島とはなにもないよ、なんてそんなの自惚れもいいところじゃない？

日向くんが嫉妬してるんじゃないかって、単純な私は、そんな夢みたいなことばかり考えてる。

そして、家が見えてきたときだった。

「桃咲の連絡先教えて」

「え……？」

「ダメ？　俺は知りたいんだけど」

私バカだから、そんなこと言われたら期待しちゃうよ。

「いい、よ」

ドキドキしながら連絡先を交換する。その間、日向くんはだんまりだったけど、しばらくすると口を開いた。

「俺、自分から女子に連絡先聞いたの初めて」

私が日向くんの特別だって、そう思ってもいい？

勘違いだといけないので口にはしなかったけれど、そうだったらいいなって、強く心の中で思った。

「じゃあな――」

「待って！」

走り去ろうとする日向くんの腕をつかんだ。彼の体がピクッと反応したかと思うと、上から熱のこもった視線が降ってくる。

「福島は、ただのクラスメイトだよ」

「………」

「それと、明日はいつもと同じバスに乗るから」

日向くんが息を呑んだのがわかった。

「わ、私も、日向くんに会いたいの。だから、いつものバスで待っててね」

「………」

「こんなこと言うの日向くんが初めてだよ」

恥じらいや照れを隠して言った。でも顔は真っ赤だ。あたりが暗くてよかった。

昨日とは打って変わって晴れやかな気分でバスに乗ると、バスの後方に日向くんが立っていた。ちょっと照れたような表情で頬をかきながら、それでもぎこちなく笑ってくれる。そんな日向くんの笑顔が好き。

「おはよう」

「うん」

昨日の今日ですごく照れくさい。雰囲気に任せて相当恥ずかしいセリフを言ったし、きっと私の気持ちは、日向くんに伝わっているよね。

日向くんは私をどう思ってる……？

聞けるわけない、そんなこと。

混雑したバス内では距離が近くて緊張した。

・・・

日向くんと同じバスに乗る日が続き、あっという間に六月。

ジメッとした湿気が多くて嫌になる。でも私は浮かれていた。

「ひまり、ニヤニヤしてどうしたの？」

「な、なんでもないよ」

スマホの画面をタップしてホームへと戻る。実はさっき、日向くんからメッセージが届いたんだ。

【今日の放課後、クレープ食べに行かない？】

まさかと思って画面を何度も凝視した。これってデートのお誘いだよね？

もちろん返事はオッケー。放課後が待ち遠しくてそわそわしてしまう。

「絶対なんかあるでしょ？」

「やだなぁ、なにもないってば」

えへへと笑ってごまかす。苑ちゃんはそんな私に怪訝な目を向けてきたけれど、最後には笑ってくれた。

「ま、ひまりが幸せなら私はそれでいいんだけどね」

「ありがとう」

優しい苑ちゃんが大好き。日向くんのことは、まだ恥ずかしくて言えないけれど、いつか絶対に話すから、それまで待っててくれるかな。

「ひまりは笑ってごまかすところがあるよね。なにかあったら絶対私に相談してね」

「うん、どうにもならないときは頼らせてもらうね」

私は笑顔で苑ちゃんにそう返した。


「よっ！」

「お、お疲れさま」

放課後、バスで日向くんに会った。日向くんに会う前はいつも緊張しちゃうけど、今日は特別カチコチだ。

「なんでそっちに座るんだよ？」

いつもの私の指定席。日向くんと通路を挟んだふたりがけの席に落ちつこうとしたら、ふてくされたように言われた。

「俺の隣、空いてるけど……？」

えーっと、これは……。隣に座れって言ってる？

ゆっくり隣に座ると、日向くんは満足そうに微笑んだ。その横顔に胸が熱くなる。触れそうで触れない、微妙な距離感も妙に照れくさい。ただじっとしてスカートの上で拳を握りしめていた。

心臓の音、聞こえてないよね……？

ひしひしと突き刺さる女の子たちからの視線。気まずくて顔を上げることができないでいると、隣から優しい声がして目だけをそちらに向ける。

「今日、予定とかマジで大丈夫だった？」

日向くんの、ほんのり赤い頬。

「あ、うん。私、甘いもの大好きだから、誘ってもらえてうれしかったよ」

なんて、本当は日向くんと放課後出かけられるのが楽しみすぎて、今日の授業は手につかなかった。


ショッピングモールがある停留所で途中下車し、日向くんと歩く。そしてフードコートにつくと、さっそくクレープショップの列に並んだ。

「なににすんの？」

「えーっと……うーん」

どうしよう。キャラメルりんごタルトチョコレートもおいしそうだし、トリプルチーズケーキ生クリームムースも気になる。

「どれとどれで悩んでんの？」

サンプルケースの中を見ていると、すぐ隣に日向くんの顔があって驚いた。

「えっと……これとこれ」

うなずくと、日向くんは店員さんに言った。

「二十四番と二十八番でお願いします」

そうして会計をする日向くん。

「俺もちょうどそのふたつで迷ってたから、シェアして食おうぜ」

ウソ、だって日向くんは全然違うクレープを見てたのに。きっとそう言ってくれたのは日向くんの優しさなんだ。

「ありがとう、日向くん」

「いいよ、俺が食べたいんだから」

「あはは、うん」

今日だけで、もうどんどん好きになっている。

好きなほうを選んでと言われ、キャラメルりんごのクレープを受け取ったあと、席に座ってお金を渡そうとすると断られてしまった。

「いいよ、俺が誘ったし。マジでいらない」

「…………」

本当にいいのかな……。でもあまりしつこく払おうとするのも、よくないよね？

「ありがと。今度は私がごちそうするね」

「期待してる」

「じゃあ、いただきます」

いつもよりもそっと控えめにクレープを口に運ぶ。日向くんが目の前にいることがなんだかすごく新鮮で、そわそわして落ちつかない。

「うーん、おいしい！」

りんごの酸味と甘味が絶妙にマッチしていて、いくらでも食べられそう。幸せな気持ちになって自然と頬がゆるんでしまう。

「子どもみたいだな」

「うっ、だっておいしいんだもん。日向くんも食べてみて」

ひとくちかじったクレープを差し出すときになって、ようやく初めて気がついた。

これって間接キス……だよね。わー、どうしよう！　そこまで考えてなかった。

急に恥ずかしくなり顔に熱が集まる。だけど今さら手を引っ込めることもできなくて、あたふたしてしまう。すると、クレープを持っていないほうの手で日向くんが私に手を伸ばし、さらには体ごと前のめりに近づいてきた。

フワッと重なる大きな手のひら。緊張してクレープを落としそうになったけれど、日向くんの力強い指先が支えてくれた。そして口元へ引き寄せて、私がかじったすぐ横の部分をかじって食べた。

ドキン。

触れそうな位置にいる日向くんに、大きく鼓動が跳ねて全身に熱が広がった。

「あ、マジでうまい」

私の気持ちなんて露知らず、のんきに言う日向くん。

「こっちも食ってみる？」

「い、いい！　いらない！」

「いいから、ほら」

「ま、まだ日向くんが食べてないじゃん。先に食べていいよ」

真っ赤になっているのはきっとバレバレで、その証拠に日向くんは今にも笑い出しそうなほどニヤけている。

「いいよ、桃咲が先に食べて」

私に向かって手を伸ばし、口元にクレープを近づけてくる。このまま食べろと言わんばかりに。

無理、絶対に無理。今でさえいっぱいいっぱいなのに、日向くんに見られながら、あーんさせてもらうなんて恥ずかしすぎる。

「はは、固まりすぎ」

クスクス笑われ、私はますます恥ずかしくなった。

「桃咲と一緒にいると飽きないよな」

「い、意地悪……」

「勘違いすんなよ、反応がかわいいって意味だからな」

反応が、かわいい……？

今まで『かわいい』なんて男の子から言われたことないのに、好きな人に言ってもらえるなんて。

クレープを食べ終わると、フードコートを出てブラブラ歩こうということになった。

ふとアクセサリーショップの前で、日向くんが足を止める。そしてまじまじと一点を見つめた。

「どうしたの？」

「四つ葉のクローバー」

「え？」

日向くんの視線の先を追うと、四つ葉のクローバーを象ったヘアピンが目に入った。

「かわいい……！」

思わずそう言うと、日向くんがこちらを向いて笑った。

「桃咲っぽいよな、これ」

「そうかな？」

「うん、っぽい」

千円かぁ……。今月はピンチだから買えないけど、そこまで言われたからには絶対にゲットする。次に来るときまで、どうか売れませんように……。

クレープを食べに行った日から二日後、珍しくバスに日向くんと歩くんが乗っていた。

「ひまりちゃん、久しぶりだね」

「うん、久しぶり」

人懐っこい歩くんとは、すぐに打ち解けた。スッと心に入り込んでくるような優しい笑顔が、警戒心を失くさせるんだと思う。それに日向くんの友達だから、きっといい人。

「聞いてよ、こいつね、最近めちゃくちゃ浮かれてんの」

「え？　日向くんが？」

「そう！」

歩くんはなぜかニンマリ笑って、なにか企んでいそうな顔だ。

「学校でも頬がゆるみっぱなしだし、特に放課後が近づいてくると、そわそわしちゃってさ」

「おい、変なこと言ってんじゃねーよ！」

「なんだよ、ホントのことだろ？　ところでさ、ひまりちゃんは彼氏とかいんの？」

「え？　い、いないよ、彼氏なんて」

「そっかそっか。じゃあ好きなヤツは?」

「好きな、ヤツ?」

ドキッ。

急に隣に座る日向くんを意識してしまい、徐々に顔が熱くなった。

「あはは、わかりやすっ」

「……っ」

なにも言い返せずにいると、強引に決めつけられてしまったようだ。

しかもなぜか日向くんの顔を見て意味深に笑っているし、気づかれているのかもしれない。歩くんは頭がキレるタイプというか、天才肌っぽい感じがする。

「こいつもね、本気の恋してるんだよー」

「歩、マジで黙れって」

日向くんが歩くんの口を塞いだ。なんとなく焦っているように見える日向くんの横顔。

本気の、恋……?

気になって日向くんに目を向けると、目が合った。

「桃咲には関係ないから」

ところが、日向くんは冷たくそう言い放つと、プイとそっぽを向いた。

ズキン。

胸がズキズキヒリヒリして、痛みはどんどん広がっていく。

そうだよね。北央の王子様の日向くんが、私なんかに本音を言ってくれるはずがない。

ちょっと仲良くなったくらいで、なにを期待していたんだろう……。そう考えたら気分が沈んで、持ち上げた口角がだんだんと下がっていく。

「おいおい、そんな言い方するなよ。ひまりちゃん、こいつ照れてるだけだから」

「照れてねーし！」

「そっか。じゃあついたから私はもう降りるね」

そう言うと、うつむきながら立ち上がって出口に向かう。うまく笑える自信もなくて、目を合わせることができなかった。

意味深発言

翌日からいよいよ学校祭の準備が本格的に始まった。コスプレカフェをやるうちのクラスは、衣装の準備だったりカフェメニューを決めたりと大忙しだ。

「アイドルの衣装……スカートが短すぎないかな？」

「それくらいがちょうどいいよ。ひまちゃんに絶対似合うと思う」

私と同じくアイドルのコスプレをする予定の美奈ちゃんが、ニッコリ笑った。色違いで美奈ちゃんがオレンジ、私がピンク。体のラインがきれいに出るワンピースタイプの衣装で、スカートはふんわりと広がっている。

「は、恥ずかしいな」

その他にもチャイナ服や着ぐるみ、男子たちは王子様や執事といった多種多様なコスプレだ。衣装に統一性がないからゴチャゴチャしたイメージだけど、それが売りなんだとか。

「ひまちゃん」

「え？」

わ、ボーッとしてた。美奈ちゃんが目をパチくりさせながらそんな私を見て、苦笑する。

「今日、用事があるから先に帰るね」

「あ、うん。バイバイ」

あー、しっかりしなくちゃ。

日向くんに好きな人がいると思うと、どんな顔で会えばいいかわからなくなった。だから今朝は、バスで会ってもうまく話せなくて、昨日と同じく目も合わせられなかった。

『桃咲には関係ないから』

悲しくて、切なくて。昨日からずっと気分が沈んでいる。


しばらくして私も学校を出た。

オレンジ色の日差しがさし込む中で日向くんとのメッセージを見返して、出るのはため息ばかり。今ごろなにをしているのかな、なんて、そんなことを考えてしまっている。

私、いったいどれだけ日向くんが好きなの……。そう思いながら画面を見つめていると、メッセージが届いた。しかも、日向くんからだった。

「ウ、ウソ……」

足を止めて画面を二度見する。

【今日なんかあった？】

ん？　どういう意味だろう。

【お疲れさま。なにが？】

そう返すと、すぐに既読がついて返事が来た。

【帰り、バスに乗ってなかったから】

気にしてくれてたの？

メッセージひとつにこんなにもうれしい気持ちになるなんて、私ってなんて単純なんだろう。喜びを噛みしめていると、立て続けにメッセージが届いた。

【今、外？】

【うん、そうだよ】

【俺も。今バス停から家まで歩いてる。夕焼け、めちゃくちゃきれいだよな】

夕焼け……？

私は空を見上げた。オレンジ色の中にところどころ薄紫色が混ざって、幻想的な雰囲気を放っている。これからゆっくり夜になっていくのか。

徐々に闇が降りてきて、暗くなっていく瞬間がたまらなく好き。

一日の終わりを実感できて、今日もがんばったな、いい日だったなって、しみじみと振り返ることができるから。この空を日向くんも見ているって、よく考えたらすごいことだ。

【めちゃくちゃきれいだね！　私、夕焼け空ってすごく好き】

【俺も！　これ見たら、なにがあってもいい日だったなって思える】

【わかる！　明日もいい日になりそうだよね】

朝の気まずい空気なんてウソみたいに、メッセージのやり取りが続いだ。

ドキン。

【明日の朝は会えんの？】

【うん、会えるよ】

【そっか、じゃあいい日になるな】

「…………」

ダメだってわかっているのに、期待に胸が膨らんでしまう。他に好きな人がいるのに、どうして私に会いたいなんて言うの？

日向くんの気持ちがわからなくて、返信ができなかった。

翌朝、扉が開いてバスに乗ると、後方に日向くんが立っていた。目が合うと優しく微笑んでくれて胸が鳴る。その笑顔が、好き……。

「おはよう、日向くん」

「おう」

いつもと変わりのない朝、日向くんの隣にいられることが今の私の幸せ。贅沢は言わないからずっとこんな日が続けばいいのに。

ひとつ席が空き、日向くんが譲ってくれる。目の前に立つ彼を見上げる形で私たちは話を始める。

「明倫の学祭って来週？」

「そうだよ、六月にする学校って珍しいよね。三年生が進路や受験勉強で大変だから、それを考慮してるらしいんだけど」

「へえ」

「土曜日に一般公開もしてるから、もしよかったら遊びに来てね。あ、これ招待チケットなんだけど」

「…………」

日向くんは少し迷うような素振りを見せたあと、小さくうなずいてチケットを受け取ってくれた。

「俺からはこれ」

「え……？」

そして、ぶっきらぼうに手のひらサイズの四角い袋を差し出され、私は戸惑う。

「これは……？」

「いいから受け取って」

そう言われて返すこともできず、手のひらに乗った袋を見つめる。このショップのロゴ、どこかで見たな……。

「この前、言い方きつくてごめん」

この前……？

「歩が変なこと言ったから、ついあんな言い方しちゃって……」

――『桃咲には関係ないから』

もしかして気にしてくれていたのかな。お詫びのしるしってこと……？　そんなの気にしなくていいのに。そんなことを思いながら、そっと袋の中身を見て私はさらに驚いた。

「これ……！　なんで？」

入っていたのは、この前ショッピングモールで見た、四つ葉のクローバーのヘアピンだった。どうしてこれを日向くんが……？

「もらって、いいの？」

そう聞くと、日向くんは小さくうなずいてくれた。

どうしよう、涙が出そうなほどうれしい。

「ありがとう！　一生大切にするっ！」

思わず声を弾ませると、日向くんは一瞬ポカンとした表情になった。そして、おか

しそうに目を細めて噴き出す。

「はは、大げさ」

「そんなことないよ、すごくうれしい。本当にありがとう」

これを買うのは勇気がいったはずだよね。どんな顔でお店に行ったのかな。私がかわいいって言ったのを覚えてくれてたんだ?

日向くんの優しさがうれしくてたまらない。

他に好きな人がいるなんて考えたくない。私と同じ気持ちでいてくれていたらいいのに……なんて、そんなことばっかり考えちゃうよ。


学校祭の二日目の土曜日は、一般公開だ。

コスプレカフェは大繁盛で今日も朝から大忙し。もうすでに暑くて、クローバーのヘアピンをつけた私の額には汗がにじんでいた。

「タピオカドリンク四つお願い」

オーダーをバックヤードにいるクラスメイトに伝える。

アイドルのコスプレをしていると、お客さんからの好奇の視線が刺さってきて痛い。

だけど、せっかくの学校祭だからと自分に言い聞かせ、なんとか接客をしていた。

一般公開日ということで気合い十分の美奈ちゃんに、髪を整えてもらった。美奈ちゃんとおそろいのツインテールだ。

「桃咲、タピオカドリンクできたぞ」

「はーい！」

福島からタピオカドリンク四つを受け取り、トレイにのせる。運びながらあたりを見回すけれど、待ち人の姿はどこにも見当たらない。

「タピオカドリンクお待たせしました」

男子高校生四人組の席にタピオカドリンクを運ぶ。

「ねぇねぇ、きみさー名前なんていうの？」

ドリンクを机に置くと、ひとりの男子が手を握ってきた。

「めちゃくちゃかわいいよね。連絡先教えてよ」

派手な男子が私の顔を見上げて笑う。

「えと、あの……」

離さないとでもいうように手首を強く握られ、身動きができない。

「や、めてください……」

どうしよう、うまく声が出せない。

「えー？　なんて？」

「は、離して、ください」

「連絡先交換してくれたら離すよ」

見た目もノリも軽い人って苦手だ。とにかく離してもらわなきゃ。

どう言おうか迷っていると、隣にスッと人の気配がした。

「離せよ」

不機嫌そうな低い声に顔を上げると、なぜかそこに日向くんの横顔があった。

ビックリして目を見開いたのは私だけじゃない。

「ひゅ、日向？」

「なんでおまえがここに？」

睨みをきかせる日向くんに、顔を引きつらせる男子たち。一方の私は、小さく肩を縮こまらせた。

「聞こえねーのかよ、早く離せって」

「なんで日向に言われなきゃなんねーんだよ。俺らが今話してんのに」

バチバチと火花が飛ぶ。つかまれた手首に力が込められ、私は思わず顔をしかめた。

「桃咲に触るな」

日向くんは男子の手首をつかむと、私から引き剥がした。

『桃咲に触るな』

強気な声が頭の中で反芻する。どうしよう、こんな状況なのにうれしいなんてどうかしてる。

「ねえ、あれって北央の日向くんじゃない？」

「やばっ、超カッコいい！」

あちこちから、ひそひそ声が聞こえてくる。

日向くんはそんな声に耳を傾けることなく、ただまっすぐに男子たちを睨んでいた。

「俺のだから」

唐突に肩を引き寄せられて日向くんと密着する。ドキドキと高鳴る鼓動。今、なんて言った……？

——俺の？　だから？

まさか、と耳を疑う。

「手を出すな」

日向くんの言葉に思考が停止した。頭が真っ白になって正常に作動してくれない。

「ええ⁉」

「どういうことー？」

「桃咲さんと北央の王子様って、付き合ってるの？」

ざわつく教室内。

「なんだよ、もう行こうぜ！」

注目を浴びて居心地が悪くなったのか、男子四人は飲み物を持ってそそくさと出ていってしまった。

固まって動けずにいると、日向くんが耳元に唇を寄せてきた。

「校門のところで待ってるから。あとで来て」

そう言い残すと、まるでざわつく声なんて聞こえていないかのように、教室を出ていいく日向くん。そこへ美奈ちゃんが駆け寄ってきた。

「ひまちゃん！　どういうことー？」

「え？」

「北央の王子様と、いつの間にそういうことになったの？　やだもう、なんで言ってくんなかったの？　あれだけ毎日一緒に喋ってたのにー！」

美奈ちゃんに肩を前後に揺すられるけど、どう説明すればいいのかわからない。どうしようかとオロオロしていると、美奈ちゃんは私を揺するのをやめて、じっと見つめてきた。

「早く行っておいでよ」

「え？」

「とりあえず王子様のこと、追いかけてきなよ。もっと話したいでしょ？　こっちは任せてくれていいからさ」

グッと親指を立てる美奈ちゃんに背中を押される形で、私は教室を飛び出した。

今はただ日向くんに会いたい。ちゃんと話がしたい。自然と駆け足になり、校門へ向かう途中で日向くんの背中を見つけた。

「日向くん！」

名前を呼ぶと、彼はぎこちなく足を止めて振り返った。息が切れて胸が苦しい。呼吸を整えてから唇にグッと力を入れる。

「今日は来てくれてありがとう。すごくビックリしちゃった。それと助けてくれてありがとう……」

「いいよ」

私を見つめると、日向くんは優しく微笑んでくれた。

「変なこと言ったけど、後悔してないから」

「え……？」

「さっき教室で言ったこと」

――『俺のだから』

――『手を出すな』

「冗談で言ったわけじゃないから」

冗談じゃなきゃ、なに……？

ドキンドキンと鼓動が高鳴る。

日向くんも私と同じ気持ちでいてくれてるってこと？　ウソ、そんなはずはない。

「っていうか、嫌なら嫌ってちゃんと言ったほうがいいよ」

今度はじとっとした目で見られた。コロコロ変わる日向くんの表情は子どもみたい。

「う、うん……ごめんね」

そのとおりだ。肝心なときに私はなにも言えなくなっちゃう。

「違う。謝ってほしいわけじゃなくてさ……嫌なんだよ」

私が黙り込んでいると、ポリポリと頬をかいて言いにくそうに口を開く日向くん。

「桃咲が他の男に触られるのが、すっげー嫌だ……」

「……っ」

耳を疑うような言葉ばかり並べられて、信じられない気持ちでいっぱいだった。心臓が破れそうなほど拍動している。

まっすぐに見つめられて、胸がキュンと疼く。どことなく熱っぽい視線も、なんとなく余裕がなさそうな顔も、私の胸を甘くする。

「あ、あの……」

「桃咲、俺――」

ありえない展開で反応に困っていると、日向くんの手が伸びてきて私の手に触れた。

「ひーまーりー！」

声のしたほうを見ると、校舎のほうから血相を変えた苑ちゃんが走ってくるのが見えた。

こちらに向かって大きく手を振っている。

「ちょっと、あなた！　ひまりになにしようとしてんの！」

私ではなく、日向くんに突っかかる苑ちゃん。不意にパッと手が離れた。苑ちゃんはさっきの騒ぎのとき、教室にいなかったから事情を知らないのだろう。

「なにって……べつに俺は——」

「北央の王子様だかなんだか知らないけど、軽い気持ちでひまりを誘うのはやめて！」

「そ、苑ちゃん」

完璧に誤解しちゃってるよ。

「ひまりは黙ってて！」

「うっ……」

強気の苑ちゃんに私はハラハラドキドキ。

「……じゃないよ」

「え？」

「軽い気持ちなんかじゃないよ」

まっすぐ苑ちゃんを見つめて言った日向くんの瞳に、心臓が騒がしくなる。一方の苑ちゃんは、日向くん真剣さにたじろぎ声を詰まらせた。

「俺は本気、だから」

ドキン。

「あ、晴ー！　おまえ、こんなとこにいたのかよ！　ったく！」

今度は両手にたくさんのビニール袋を抱えた歩くんが、膨れっ面で現れた。頬にはクマのペイントがある。歩くん……イベントを全力で楽しむタイプなんだ。

「おまえが勝手にいなくなるから、かなり探したんだぞー！」

「って、その割にはひとりで満喫してんじゃん」

「まぁ、祭りだし？　一応な。それよりひまりちゃん、久しぶり〜！」

相変わらず歩くんはさわやかでマイペース。にこやかに手をヒラヒラ振っている。

「ねえ、ひまり。この人とも知り合いなの？」

「えーっと……まぁ、ね。あはは」

苑ちゃんは、なにがなんだかわからないといった様子で困惑している。

「俺は天地歩。晴の親友で北央中学のサッカー部所属！　フォワード、十一番。趣味は人間観察。よろしく！」

「天地くん、ね。顔は知ってる、何回か電車で見かけたことあるから」

「マジで!?　俺ってば超有名人じゃん！　苑ちゃんね。よし、覚えた」

「説得力ないけど、まあ、ひまりが友達だって言うなら……」

眉の端を下げる苑ちゃんと、終始にこやかな歩くん。

「さっきスマホ見たら、福島がひまりのこと心配してるみたいだから、とりあえず一旦教室に戻ろう」

「え……でも」

「えー、ふたりとも戻っちゃうの？」

「ごめんなさい。えっと……王子様くん？」

「日向」

「日向くん、いろんな噂があるけど……ひまりのこと傷つけたら許さないからね」

「そ、苑ちゃん……！」

「わかってる」

日向くんは至って真剣で。

「じゃあ、またな」

私の頭をひと撫でると、日向くんは歩くんを引っ張って去っていった。

柔かな手のひらの感触に胸が温かくなる。不思議と日向くんの手は安心する。

「ねぇ、どういうこと？　ひまり、あの人と付き合ってるの？」

「ま、まさか！　そんなわけないよ！」

「でもいい感じだったよね？」

「……っ」

「日向くんは噂されてるような人じゃないの？　その、ケンカが強いとか、高校生の彼女がいるとか……」

「噂は噂だよ。ホントは優しい人、だから」

出会った経緯を一から説明すると、しぶしぶだけど苑ちゃんは納得してくれた。

「ごめんね、今まで日向くんのこと、言えなくて」

「本当だよー、まさか北央の王子様と仲良くなってるなんて思わないから！」

そうだよね、私も仲良くなれるなんて思ってなかった。

「ま、がんばりなよ。日向くんだったら許す」

「さっきまでとはえらい違いだね」

「まだ完全に信用したわけじゃないけど」

ありがとう……苑ちゃん。

だけど、私の頭によぎったのは病気のこと。まだ完治したとは言い切れない状態で、日向くんを好きでいる資格なんてあるのかな。

そう考えると胸に黒いモヤモヤが広がった。

どうするのが正解なんだろう。ずっと今のままの関係でいたい。病気のことを知ったら、日向くんはどんな顔をするんだろう。

私から離れていく？　それとも変わらず接してくれる？

日向くんは優しいから後者かな。

正直に話すべきだよね。そうしないと後悔する気がする。

私は日向くんが帰った方角を、いつまでも見つめ続けた。

大きな手のひら

学校祭を終え、週明けの登校日。

「おはよう」

いつもと同じバスで日向くんが挨拶してくれた。それだけでこの前のことを思い出し、全身がカーッと熱くなる。

「お、おはよう」

目を合わせるのが照れくさくて、まともに顔を上げられない。日向くんはそんな私になにか言ってくることもなく、無言だった。

バスが発車し、次々と停留所に停車する。

「そ、そういえば苑ちゃんが、この前はごめんなさいって日向くんに謝ってたよ」

普段ならポツポツ会話してくれる日向くんが、今朝は沈黙でなんとなく気まずい。それでも言わなきゃ、今日ちゃんと。緊張して手が震える。

「それと、あの、ね、日向くん、今日の放課後って時間あるかな？」

満員のバスの中に私の小さな声が響く。

「うん、学校祭のときは中途半端だったし、俺も桃咲と話したいと思ってた」

そう言われて思わず日向くんを見上げると、緊張しているのか瞳が揺れていた。

放課後の約束を交わしただけだったけれど、その日の授業はなにも手に付かないほど頭がいっぱいだった。


放課後、バスの中だと落ちついて話せないということで、私の最寄りの停留所にふたりで下車することになった。

「近くに公園があるんだ」

停留所から徒歩十分ほどの場所にある、小さな公園へとふたりで歩く。緊張して落ちつかず、もうすでにキャパオーバー。公園のベンチにふたりで並んで座ると、さらにそわそわしてしまった。言わなきゃ、私から。

「……日向くん、あのね」

私は意を決して口を開いた。

「私、小学四年生のときに白血病になったの……」

自分から誰かにこの話をするのは初めてだった。

「白血病……？」

驚いて目を見開く日向くん。

「あ、でもね。そうとは言っても、白血病細胞が消えてもうすぐ四年がたつんだ。だからね」

ますますポカンとする日向くん。

「えーっと、あのね、抗がん剤治療で私の体の中の白血病細胞が死んだの。でも、すべてが死滅したかどうかはまだわからなくて……。二年以内に再発するケースもあるみたい。だけどね、死滅してから四年が経過すると完治したって言えるんだ」

「…………」

突然こんな話を聞かされて、困惑するよね。日向くんの眉間のシワが深くなった。

「私の場合は再発もしなかったし、もうすぐ四年が経過するんだ」

だから、ほぼ完治したといっても過言ではない。

「……でも俺、めちゃくちゃ混乱してる。まさか桃咲が……」

「あ、はは。だよね。当時は私もビックリした」

重い空気にしたくなくて、私はベンチから立ち上がると明るく振る舞った。

「それでね、そのとき……お父さんが初めて私の前で泣いたの」

お母さんのお葬式でさえ泣かなかったお父さんが泣いたのは、十歳の私にはものすごく衝撃的だった。私の白血病は私の体だけじゃなくて、お父さんの心までもを蝕んだ。会社に行けなくなるほど落ち込んで、げっそりやつれてしまった。

とても悪いことをした気になり、もうお父さんを悲しませちゃいけないと思った。

「日向くんには隠しておきたくなくて、突然こんな話をしてごめんね……」

それ以上どう言えばいいかわからず黙り込む。病気の話を聞いてどう思われたか気が気じゃない。だけど動揺しているのを悟られたくなくて、拳をギュッときつく握る。

すると突然、立ち上がった日向くんにその手を強く引かれた。

「わっ！」

そして、日向くんの腕にスッポリ覆われる私の体。火がついたみたいに、一気に体温が上昇していく。キツく抱きしめられるほどに苦しくなって、息ができないよ……。

「ひゅ、うが、くん……」

途切れ途切れになりながら絞り出した声。日向くんは私の肩に顔を埋めた。

ありえないくらいに高鳴る鼓動。意識がすべて日向くんに持っていかれる。

「まずは……辛いこと話してくれてありがとう」

日向くんの声はさっきまでとは違って、とてもハキハキしている。

「日向、くん……」

触れた部分から日向くんの優しさが伝わってきて、私も彼の背中に手を回す。

「俺は……」

「…………」

ドキンドキンと胸が張り裂けそうなほどに鼓動が高鳴る。

「そのままの桃咲が、好きだよ」

「……っ」

後頭部を撫でてくれる大きな手のひら。泣きたくなんかないのに涙があふれた。

「あり、がとう。私……」

本当は日向くんにこんなふうに言ってほしかったのかもしれない。目の前が涙でにじんだ。まばたきすると大粒の涙が頬に流れて、次から次にあふれ出してくる。

日向くんはなにも言わずに、ただ黙ったまま私の頭を撫で続けてくれた。病気を打ち明けたことで私の心はウソみたいに軽くなった。

第三章　きみへの想い

1　きみの隣で

七月に入って照りつける日差しが強くなった。今年は猛暑になるらしく、毎日ものすごく暑い。紫陽花も枯れて、あと一週間もすれば梅雨が明けるとニュースで言っていた。

今年はどんな夏になるのかな。たくさん遊びたいと思ってるんだよね。

あ、いた……！

バスに乗り込んだ瞬間、口元がわずかにゆるむのを抑えられなかった。日向くんも私に気づいて笑ってくれる。いつものように日向くんの隣へと座る。

「ひまり」

え？　今、『ひまり』って呼んだ？

目が合ってニコッと微笑まれると、たちまちドキドキして落ちつかなくなる。

「日向くん」

「晴臣……」

「え？」

「晴臣って呼んでいいから」

照れくさそうな顔が、こっちに向いた。力強いけれど動揺しているようにわずかに揺れる瞳。私の手を握ったままの手も、かすかに震えている。

「じゃあ……晴くんって呼ぶね」

晴くん。晴くん……。

「うん、それでいい」

「ふふっ」

「なに笑ってんだよ」

「なんだかいいなぁと思って」

「はぁ？」

わけがわからないと言いたげに眉を寄せる晴くんに、私は笑いが止まらなかった。

「調子狂うな……」

頭を小突かれグリグリされても、そしてその顔がプイとそっぽを向いても、いつまでも晴くんの横顔を見つめ続けた。そしたらほんのり赤くなって、根負けしたのかこちらに視線を向けてくる。

ぎこちない表情の彼と目が合うと、最後に晴くんはやっぱり笑ってくれた。これって付き合ってるって思ってもいいのかな?

「ひまりの誕生日はいつ?」

「私は十一月六日だよ。晴くんは?」

「八月二十五日」

「じゃあもうすぐだね」

話をしていると、あっという間に停留所についた。そして私と同じ停留所でバスを降りようとする。

「は、晴くん、よかったの? 帰るの大変じゃない?」

「いいんだよ、行こう」

「あ……うん!」

晴くんに好きだと言われて、ますますふたりきりは緊張する。だけど、すごくうれしい。

両想いってこんなにも心があったかくなるんだ。

ただ、この前は病気のことを話すのに必死で、晴くんに『好き』だと伝えていないから、ちゃんと伝えたいな……。

「学校祭のときも思ったけど、クローバーのピン、つけてくれてるんだな」

晴くんの視線が私の耳横に向けられた。

「うん、毎日つけてるよ。お気に入りだから」

「そっか」

晴くんのうれしそうな横顔がすごく好き。胸が締めつけられて、どうしようもない。でも『好き』なんて恥ずかしくて口に出して言えない。

晴くんはちゃんと言ってくれたのに、今さら自分からどう伝えればいいのかわからない。

「どうしたの？」

「いや、なんか小難しい顔してんなと思って」

「こ、小難しい……？」

私、そんな変な顔してたんだ。

「なに考えてたんだよ」

「それはヒミツ！」

強気にそう言い返したとき、晴くんと肩がぶつかった。

「ごめんね」

とっさに半歩ずれようとすると、ギュッと手を握られてしまった。

「は、は、晴くん……」

手、手が……！

「俺はつなぎたいんだけど、ひまりは嫌？」

「ううん……！」

大好きな晴くんとなら、なにをしてもどこにいても嫌じゃない。どこにも行かなくても、晴くんといられたらそれだけで特別なことのように思える。

晴くんの大きな手は私の手をすっぽり覆ってしまった。ずっとこうやって手をつないでいられたらいいのに。

「あのさ、今週の土曜日って空いてる？」

「土曜日？」

「姉ちゃんが、スイーツビュッフェのタダ券くれてさ。一緒にどう？」

「行く……！」

「はは、即答かよ」

「だって甘いもの好きだもん」

バス停からマンションまではすぐで、もう離れないといけないのが寂しい。

でもデートの約束をしたから、楽しみすぎて顔がほころぶ。

「じゃあ、またな！」

「うん、ありがとう」

晴くんはふっと笑って走り出した。その背中から、私はいつまでも目が離せなかった。


週末は瞬く間にやってきて、直前の朝になっても着ていく服が決まらず。

悩んだ末、選んだのは、水色と白の縦ストライプのロングスカートに、袖がレース仕様になった白いTシャツの組み合わせ。それに肩がけバッグとぺたんこのサンダルを合わせて、今日はいつもの私よりもだいぶ大人っぽい恰好になった。

「行ってきまーす！」

結局ギリギリになって家を出た。

晴くんとは電車の中で待ち合わせで、なんとか電車に乗った私は、ホッとしながら息を整える。到着アナウンスが流れると緊張してドキドキしてきた。

電車が停止すると扉が開いて、目に飛び込んできた私服姿の晴くん。他にも人はいっぱいいるのに、晴くんしか目に入らない。

「おはよう、晴くん」

「…………」

晴くんは私と目が合うとフリーズしたように固まった。話しかけても返事がなくて不安になる。思いっきり目は合ってるんだけど……。

「あ、あの、晴くん？」

いったい、どうしちゃったの？

顔の前で手をあおぐと、晴くんハッとしたように我に返った。

「あ、うん、おはよ」

そしてそう言うと、私からパッと目をそらしてそっぽを向いてしまった。

「どうかしたの？」

「べつに、なんも」

そんなふうには見えないんだけど……。どうしたんだろう？

今日の晴くんは、黒のスキニーに深緑色の無地のTシャツと白のTシャツを下に重ねて着ている。首には長めのリングネックレスがあった。なにを着てもカッコよくてオシャレな晴くん。私なんかが隣にいてもいいのかなって、恐縮しちゃう。

電車を降り、お店に向かう。ショッピングモールの中の一角に、スイーツビュッフェ専門店はあった。

「わぁ！」

ビュッフェ会場にはたくさんのスイーツが並んでいて、なかでも旬のメロンやマンゴー、パイナップルを使ったスイーツがたくさんあった。

「おいしそう！」

ビュッフェだからサイズが小さくて、いろんな種類が食べられるように工夫されている。

「晴くん、やばいね！　私、全制覇しちゃう！」

そんな私を見て、やっぱり晴くんは笑っていた。

「俺もがんばるよ」

「うん、ふたりでいっぱい食べよう！」

それからワイワイ言いながらケーキを選んで、テーブルについてゆっくり食べた。どれもが甘さ控えめですごくおいしくて、胃がはちきれそうなほど。

「も、もうお腹いっぱい……。晴くんは？」

「まだまだ余裕」

そう言って、生クリームたっぷりのショートケーキを頬張る晴くん。

「前から思ってたけど、晴くんって甘いものが好きなんだね」

そう言うと、晴くんは喉を詰まらせゴホッと咳き込んだ。

「だ、大丈夫？」

まずいこと聞いちゃったかな？

「男がスイーツ好きって、やっぱ引く？」

不安そうな目を向けられて、私は即座に首を横に振った。

「私も甘い物が好きだから、一緒に食べられてうれしいよ」

「……けどさ、引くよね、普通は」

「あはは、気にしてるんだ？」

ムッと唇を尖らせる晴くんが、思わず笑みが漏れる。

「晴くん、クリームついてるよ」

唇の端にクリームがついているのを見つけて、ますますかわいいとしか思えない。晴くんは口元を手で拭うけど、逆だし。

「こっちだよ」

　言葉と同時に手が出てしまい、晴くんの唇の端の生クリームを指でぬぐった。

　触れた瞬間、ビクッと大きく晴くんの体が揺れた。

　や、やだ、私ったら、なんて大胆なことを！　大きく目を見開く晴くんを見て、一気に現実に引き戻された。触れた指先が、じんじん熱い。

「ご、ごめんねっ！　私ったら」

　慌てて手を引っ込めたけど晴くんは微動だにせず、まっすぐに私を見ていた。大きくてきれいな黒目が動揺するように揺れて、耳まで真っ赤。

「あんまりさ、そういうことすんなよ」

「え？　ごめんね、気をつける……」

　しゅんと肩を落としていると、今度は晴くんが身を乗り出してきた。

「そうじゃなくて、もっと一緒にいたくなるから」

　ん？　『もっと一緒にいたくなるから』……？

「抱きしめたくなるだろ」

だ、抱きしめたくなる……？

「ななな、なに言ってんの……っ！」

激しく動揺してしまい、一気に顔が火照った。

お腹いっぱいスイーツ食べた私たちは、ショッピングモール近くの公園の日陰のベンチに腰かけた。晴天だということもあって暑いけれど、緑あふれる空間はすごく落ちつく。日陰にいれば風が通るし、そこまで暑さを感じない。

風が私たちの間をすり抜ける。しばらくの間、景色を眺めた。

「俺はひまりが好きだ」

突然の、二度目の告白に鼓動が跳ねた。晴くんの視線は、空に輝く太陽よりも熱い。

「ひまりは俺のことどう思ってる？　この際、はっきり聞かせてほしい」

そうだ、ちゃんと自分の気持ちを言わなきゃ。いざとなると緊張して手が震えた。

「素直な気持ちが聞きたい」

私は唇を引き結んで、拳に力を入れる。

「私も……晴くんが、好き」

そう伝えながら晴くんを見た瞬間、思いっきり抱きしめられた。

「俺のことが好きなら、もう遠慮はしない」

優しく包み込むような熱い言葉に、胸がキュンとする。

「ずっとひまりのそばにいたい」

「うん……わた、しも」

こわごわ晴くんの背中に腕を回すと、さらに強く抱きしめられた。

「く、苦しい」

「俺の気持ちってことで」

「あはは。うん」

幸せだな、ものすごく。

「ひまり、空見て」

ふと晴くんが顔を上げた。つられるように私も上を見る。

「うわぁ、きれい」

雲ひとつない空はとても澄んでいて、まるで私たちを祝福してくれているようだ。

「俺、夕焼けも好きだけど……やっぱ青空が一番好き」

私の耳元で優しい声が響く。

「見てると、悩みなんてちっぽけだと思えるっつーかさ……うまく言えないけど、元気が出るよな」

「そうだね」

晴くんはまるで青空だ。青空のように澄んだ心で私を抱きしめてくれる。それがどれだけ心強いか、きっと晴くんは知らないよね。

急に恥ずかしくなったのか、晴くんはゆっくり私から離れた。

「ごめん、俺」

「ううん、晴くんにギュッてされると安心する」

温もりが心地よくて癒やされるんだ。

「一緒にいたいっていう気持ち、ちょっとわかるかも」

ちらりと見上げた晴くんの横顔は、真っ赤だった。そしてぎこちなく私から目をそらしてうつむくと、黙り込んでしまった。

「晴くん、私……めちゃくちゃ好きだよ」

「あー……もう！」

晴くんは突然しゃがみ込んで、頭をガシガシとかいて膝の間に顔を埋める。

「ど、どうしたの？　大丈夫？」

「かわいいことばっか言うなよ」

「え？」

「私服もかわいいし、一緒にいたいとか……そのうえ、好き……とか」

「で、でも……晴くんだってかなり大胆だよ？」

「そうだけどさ……」

最後はなぜか投げやり気味に言われた。スネたような目で見られてドキッとする。

「朝、そっけなかったのって、もしかして……」

「ひまりの私服がかわいくて、顔赤いの必死に隠してたんだよ。照れるとか、俺のキャラじゃないんだからなっ」

「ふふっ」

「なに笑ってんだよ」

ダメだ、止まらない。晴くんがかわいすぎて。

「ごめん、でも、あはは！」

笑っていると呆れたように、ため息をつかれた。しゃがんでいた晴くんが立ち上がり、上から見下ろされる。唇をへの字に結んで、睨んできた。

だけど本気で怒っているわけじゃないから怖くはない。ニッコリ微笑み返すと観念したかのように、またため息。

「まぁ、な。俺はおまえの笑った顔が好きだ」

そんなこと言われたらまたドキドキしちゃう。でも、私も……。

「晴くんの笑顔が好き。なんかね、心がフワッと温かくなるんだ」

お互いに照れ顔の私たちの視線が重なる。どちらからともなく笑顔になって、それは私が大好きな晴くんの顔。

「そうやってさ、ずっと笑ってろよ。俺の隣で」

「うん！」

向かい合った体勢のまま、晴くんがゆっくり近づいてきた。私は固まったまま動けなくて、気づいたらその腕に優しく抱きしめられていた。

「へえ、それでそれで？」

週が明けて月曜日。

学校につくと、嬉々とした顔で美奈ちゃんと苑ちゃんが詰め寄ってきた。話題はもちろん、晴くんのことだ。学校祭の一件以来、噂が広まってしまい、毎日のように根掘り葉掘り聞かれている。

でもちゃんと、自分が彼女だといえる自信がなくて、うまく話せないでいた。今日、付き合ったことをようやくふたりに伝えた。

「王子様と付き合ったんだ？」

美奈ちゃんの言葉に小さくうなずく。

「きゃあ！　おめでとう〜！」

「ひまりちゃんも、ついに彼氏持ちかぁ！」

「ひまり……」

苑ちゃんは心配顔を見せた。でも、すぐに笑顔になる。

「おめでとう。日向くんのこと、信じるよ。なにより、ひまりが幸せそうだからね」

「そ、苑ちゃん……」

「でも、ひまりの笑顔を奪うようなことがあったら、全力で引き離す」

力こぶを作った苑ちゃんの目は真剣だった。そこまで心配されるのはうれしいやら、情けないやら、複雑だ。

「ありがとう、苑ちゃん。今まで黙っててごめんね」

「いいよ〜、ひまりのヒミツ主義は今に始まったことじゃないしね」

「うっ……ごめん」

「あはは、いいよいいよ。でも、日向くんとなにかあったら遠慮なく相談してね！」

ちょっとだけ寂しそうに苑ちゃんが笑った。

「あ、ズルい！　あたしにもだよ、いくらでも話聞くからっ！　北央の王子様の彼女ってだけでやっかまれるかもだけど、ちゃんと守るからね！」

美奈ちゃんも私の手をギュッと握ってくれる。

「おはよう、桃咲」

「おはよう」

さわやかな笑みを浮かべる福島に笑顔で返す。

「北央の王子様と付き合ってんの？」

「え？」

「ごめん、話が聞こえてさ」

福島は複雑な表情を浮かべながら、後ろ手に頭をかいた。

「日向だっけ……？」

「う、うん……！」

福島に言うのは、なんとなく照れくさい。

「マジかー。桃咲があんなイケメンをね。雪でも降んじゃね？」

「ちょっと！　どういう意味よ」

「はは」

福島は笑っていたけど、その笑顔はなんとなく元気がないように見えた。

「やべ、俺日直だった。職員室行ってくる」

そう言い、教室を出る背中を見送る。

「福島、結構ショック受けてるよね」

「え？　どういうこと？」

「いいのいいの、ひまりは福島のこと気にしなくて」

そのときちょうど予鈴が鳴って、苑ちゃんと美奈ちゃんが席へと戻っていく。

来週からテストかぁ。昨日は勉強が手につかなかったから、今日からがんばらなきゃ。

帰りのバスで、晴くんは珍しく教科書とにらめっこしていた。北央も来週からテストが始まると言っていたから、がんばっているんだろう。北央はもともと私立の中でもかなりの進学校なので、勉強が大変なのは私にもわかる。

歩くん情報によると、日向くんは学年の中でも五位以内に入るほどの秀才なんだとか。ちなみに歩くんは学年トップらしい。

「お疲れさま、なんの勉強？」

「数学。歩に一教科だけでも勝ちたくて勉強してる」

晴くんの邪魔しちゃいけないと思って静かにしていると、晴くんが私に視線を向けた。

教科書を閉じながら、優しく微笑む晴くん。

「ひまりは夏休みどっか行くの？」

「今のところはなんもないかな、夏休みの予定。晴くんは？」

「俺は叔父さんが駅前でカフェやってるから、それの手伝い。叔母さんが実家に帰る用事があるから、その間だけ行かなきゃなんなくて」

「へぇ、そうなんだ。すごいね」

私の最寄りのバス停につくと、当然のように一緒にバスを降りてマンションの下まで送ってくれる。肩を並べて歩きながら、そっと触れる手と手。反動で離そうとしたら、指を絡ませるようにギュッと握り直されて、そのまま手をつなぎながら歩いた。

夜寝る前には【おやすみ】のメッセージをもらい、朝目覚めたら【おはよう】と送る。

そんな毎日が楽しくて幸せだった。

だって、かわいすぎて【晴臣side】

「ありがとうございました」

挽きたてのコーヒー豆の香りが漂う、木目調のおしゃれな店内。程よく空調が効いて寒いくらいなのに、動き回っていると汗が流れた。

夏休みに入り、手伝いに明け暮れること一週間。最初は慣れなかったけど、今ではひととおりの接客をこなせるようになった。

「日向くん、これ六番テーブルにお願い」

「了解」

アイスカフェラテをふたつとフレンチトーストをトレイにのせて、指定されたテーブルへと運ぶ。この店の最大の売りは、最高級のフランスパンを使用した、このフレンチトーストだ。

閉店間際の二十時前、時計を見ながら店内を行ったり来たり。早く終われ、早く。

「晴臣は、なにをそんなにそわそわしてるんだ?」

店長である叔父さんが、からかうように笑う。

「べつに、なんもないよ」

「いーや、変だね。佐々野さんもそう思うだろう?」

「えっ?」

急に話を振られた佐々野さんは、洗い物する手を止めて顔を上げた。高校一年生の佐々野さんは姉の知り合いで、近所に住む幼なじみだ。

「晴臣くんは最近、かわいい彼女ができたらしくて、それでそわそわしてるんだと思いますよ」

「佐々野さん、なに余計なこと言ってるんですか……」

「ふふ、だって本当でしょ? たまに同じバスの中で見かけるんだよね」

「おー、晴臣! そうなのか?」

「そんなんじゃないし!」

口ではそう言うものの、ひまりの顔が浮かんでドギマギする。

「赤くなりやがって、こいつ〜! かわいいヤツめ!」

「ばっ、だから違うっつってんだろっ」

「照れるな照れるな」

叔父さんに知られたら、絶対うちの家族にもバラされる……。それだけは阻止しなければ。

店が閉まると、すぐさまロッカーに引っ込んで着替えを済ませてから、ひまりのマンションへ向かった。

「晴くん、お疲れさま」

バイト帰りにちょっとでも顔が見られると、疲れなんて一気に吹き飛ぶ。ひまりの笑顔が今の俺の原動力だ。

「今日も忙しかった？」

「うん、マジで疲れた……」

マンションのエントランスだと目立つため、狭い脇道へそれる。

「きゃあ」

途中でつまずきそうになったひまりの体を、とっさに支えた。

「大丈夫か？」

「ごめんね、ありがとう」

舌を出して笑う顔に心臓を撃ち抜かれた。折れてしまいそうなほどの細い腕も、日焼けしてない真っ白な肌も、透き通るように澄んだ声も、全部にドキッとさせられる。

触れたら離したくなくなって、つい手を握った。すると同じように握り返してくれる。照れたように笑う横顔がたまらなくかわいい。

ニヤけそうになる口元を隠すと、クスッと笑われて、きっと俺の気持ちなんてバレバレなんだろう。

話していると時間なんてすぐにすぎていく。一日がもっと長かったらいいのに。こんな気持ちになったのは初めてだ。ひまりに出会ってからたくさんの初めてに遭遇してる。

「じゃあ、そろそろ帰るよ。明日も帰りに寄るから」

「うん、気をつけてね」

ひまりの頭をポンポン撫でて、背を向けた。もっと一緒にいたくて後ろ髪を引かれる思いだった。

夏の思い出

【今日お店に遊びに行ってもいい？】

朝、おはようのメッセージを送ると、すぐに既読がついて、ピロリンとスマホが鳴って返事が来た。晴くんは基本的にすぐに返信してくれる。

【待ってる】

わ、やったぁ。今日も会える。うれしくて頬がゆるんだ。

そして午後から自転車に乗って、晴くんが手伝うカフェへ向かう。

あ、暑い……。溶けてしまいそうなほどで、冷たいもので早く喉を潤したい。フラフラになりながらお店の前にたどりつくと、男子の集団に出くわした。

「あれ？　ひまりちゃん？」

「え？　あ！　歩くん！」

「誰？」

「歩の知り合い!?」

背の高い男子たちに囲まれて思わず一歩後ずさる。

「ほらほら、おまえらひまりちゃんが怖がってるだろ」

「もしかして歩の彼女？」

「つーか、かわいいじゃん」

「俺のじゃなくて、晴の彼女だよ」

「えっ⁉」

晴くんを知っているっぽいから、北央の人たちかな？

「晴の彼女って、どういうことだよ？」

「あいつ、彼女いたのかよ！　知らなかった！」

「まぁまぁ、とりあえず暑いから入ろうよ。俺ら、晴の店に内緒で遊びに来たんだ」

歩くんが扉を開けてくれ、私を中へと促した。

「いらっしゃいま――」

カランコロンとお店のベルが鳴って、蝶ネクタイを締めたバリスタ風の晴くんが笑顔で出迎えてくれた。だけど途中で言葉を止めて絶句する。

「なんでおまえらがいるんだよっ！」

「晴が、ちゃんと接客してるか心配で見に来たんだよ」

「へぇ、いいお店じゃん」

「マジでありえない。今すぐ帰れ」

「おいおい、ひまりちゃんにそんなこと言うなよ、ひどい彼氏だな」

「歩たちに言ってんだよ！」

「晴臣、お客さんに向かって『帰れ』だなんて言うんじゃないよ。さ、お嬢さんはこちらへどうぞ」

晴くんの叔父さんによって私はカウンター、歩くんたちは後ろのテーブル席へと案内されて大人しく座る。

いまだに納得できない様子の晴くんは、不機嫌そうに唇を尖らせている。学校で友達といるときも、こんな感じなのかな？

噴き出しそうになったとき、キッチンの奥から女性の店員さんが出てきた。

「いらっしゃいませ」

スラッと背が高く、雑誌に出てくるモデルみたいな美人の店員さん。そんな店員さんを見て、歩くんと来ていた友達たちが急にそわそわし始める。

「ひまりちゃんといるようになってから、優しい顔してるよ」

そんな中、歩くんがそっと立ち上がって私に耳打ちしてきた。

「優しい顔って、晴くんが？」

「うん。アイツがこんなに穏やかな顔をするだなんて知らなかった。ひまりちゃんのおかげだよ」

そう言って笑う歩くん。

「おい、歩！　ひまりに近寄るな」

「なんだよー、いいだろ。俺だって仲良くしたいし。ね、ひまりちゃん」

「え？　あ、うん」

ウインクされてとっさにうなずく。すると歩くんは晴くんに小突かれた。

「仲良くしたいなんて言うな、バカ」

「嫉妬かよ、おい。ラブラブだな、相変わらず」

「うるさい。マジで近寄るな」

「お待たせしました、フレンチトーストです」

看板メニューのフレンチトーストは一日かけて卵液をしみ込ませているそうで、とてもおいしかった。

「気をつけて帰れよ」

手を振ると、振り返してくれた。歩くんたちも出てきて、晴くんとふざけ合っている。

その声を背に自転車を走らせた。

フレンチトーストはおいしかったし、晴くんにも、晴くんの友達にも会えた。いい日だったな。


夜、机に向かい日記帳を開いた。お気に入りのラメのきれいなボールペンを握り、ノートに走らせる。

七月三十一日
晴くんのカフェに行ってきた。
北央の人たちがいて賑やかだったけど、学校での晴くんはこんな感じなのかなって思うと、なんだか新鮮だった。

もうすぐ晴くんの誕生日だけど、プレゼントどうしようかな。
夏休みに入ってからというもの、一日がとても長く感じる。
晴くんに会えないなら、学校があるほうがいいな。

八月五日
今日は久しぶりに苑ちゃんと遊んだ。
プレゼント選びに付き合ってもらったんだ。
なにをあげたらいいかわからなくて、一日中歩き回ってやっと見つけた。
晴くんによく似合いそうな、革のブレスレット。
喜んでくれるといいな。

八月十一日
晴くんと図書館に行った。
本っていうイメージはあまりないけど、私がオススメした恋愛小説を興味深そうに読んでたっけ。

その隣で私は宿題をしてたけど、晴くんのことが気になって集中できなかった。晴くんは宣言どおり秒で宿題を終わらせたらしい。私のほうが遅くなっちゃって申し訳ないよ。図書館のあとは一緒にカフェに行った。楽しかったなあ。

八月十八日
お店が休みで近所の公園まで来てくれた。久しぶりのデート。日に焼けて真っ黒になった晴くん。一緒にいられてうれしかった。

八月二十日
苑ちゃん、美奈ちゃんと遊んだ。

苑ちゃんは相変わらず部活ばかりで、美奈ちゃんは高校生の彼氏とうまくいってないって泣いていた……。

長く付き合ってると、うまくいかないこともあるよね。

三人で晴くんのお店に行ってフレンチトーストを食べた。

そしたらね、美奈ちゃん、ちょっと笑ってた。よかったよかった。

八月二十四日
明日は晴くんの誕生日。
楽しみすぎる。

・・・

「わー、寝坊したぁ……！」

どうしよう、やばい、間に合わない。急いで飛び起き、着替えを済ませる。ドタバタ慌ただしく部屋を出ると、何事かと母親が顔を出した。

「出かけるの？」

「うん！　間に合わないから、もう行くね」

「何時ごろ帰ってくる？」

「んー、わかんない！」

「わかんないって、ちょっとひまちゃん!!」

「行ってきまーす！」

言葉を遮るように家を出た。

母親を嫌いなわけじゃないのに、深く関わりたくない。自分でもよくわからない心情だ。

ある日突然、なんの前触れもなく紹介された新しい母親と弟。お父さんは私が反対するなんて微塵も思っていなかったようで、私も複雑な気持ちを押し殺して受け入れるしかなかった。

待ち合わせの駅につくと、晴くんはすでに到着していた。なぜか隣に女性がいる。

——あれは、佐々野さん？

スタイルのよさからすぐに彼女だとわかった。ふたりはなにやら話し込んでいるみたい。クールな晴くんも、佐々野さんには心を開いているような気がする。

美男美女でお似合い。子どもっぽい私なんかよりも、佐々野さんのほうがずっと……。

「ひまり！」

立ち止まっていると、晴くんが私に気づいた。

「お……おはよう、晴くん」

「うん、はよ」

「佐々野さんも、おはようございます」

「ひまりちゃん、おはよう！」

佐々野さんの笑顔は太陽よりもまぶしい。敵うわけない、こんな人に……って、ああ今日の私はダメだ、卑屈になりすぎ！

「それじゃあ、また、佐々野さん」

「うん、ごめんね、いきなり声かけて。またお店でね！」

晴くんは、会話に入っていけず、だんまりしている私の手をさり気なく取った。

「ごめん、偶然佐々野さんと会ってさ」

「うん、大丈夫だよ」

今日は晴くんの誕生日だから、素敵な一日にしなくちゃね。

いつもより遠出しようと言われて、電車で一時間かけて街の中心部へと繰り出した。

電車を乗り継いで、なんとか目的地に到着。チケットを買って観光名所であるタワーの展望台に登った。

シースルーのエレベーターに乗って、空高く昇っていく。空と同じくらいの高さに目線があって、私は景色よりも頭上の澄んだ青に釘付けになった。

「わぁ、すごい」

「だな」

頂上につくと、さらにきれいな空が広がった。

「きれいな空だね、晴くん」

「俺も下の景色よりも上ばっか見てた」

一緒のものを見てたことにうれしくなる。透き通るような濁りのない青空を見て、沈んでいた心が少しだけ軽くなった。

プレゼントを渡すタイミングを考えてなかったけど、今渡したほうがいいよね。そう思い、カバンの中からプレゼントを出して渡すと、晴くんはとても喜んでくれた。

「サンキュ。開けていい？」

「もちろん！」

そして晴くんはラッピングから革のブレスレットを取り出し、さっそくつけてくれた。

「やべぇ……」

「どう、かな？　晴くんっぽいなって思ったんだけど」

「一生大事にする。絶対外さないから」

気に入ってもらえてよかった。

第四章 きみがいたから

弱さと強さ

新学期が始まった。

晴くんはいまだ帰ってこない叔母さんの代わりにお店の手伝いを続けるようで、電車で帰ることが増え、朝のバスでしか会えない日が続いた。

寂しいけど、毎日連絡をくれるから我慢できた。でも、こんなとき、同じ学校だったらずっと一緒にいられるのにな。

「ひまりちゃん、今日、久しぶりに日向くんのカフェ行かない？　あそこのフレンチトーストが食べたくてさ」

「ごめん、美奈ちゃん。行きたいんだけど……今日はなんだか疲れちゃって。また今度でもいいかな？」

「え、大丈夫？」

「夏風邪かな？　ゆっくりすればすぐに回復すると思うから」

「そかそか、じゃあ早く帰って休んで。小学校んときの友達誘って行ってみるわ！」

「うん、ごめんね。晴くんによろしく」

カバンを持って立ち上がり教室を出る。足元がおぼつかなくてフラフラだった。

昼休みが終わったくらいから、体調が急変した。貧血気味なのかな。こんなときは寝れば治るから、早く帰って横になりたい。

バスの中で目を閉じていると、少しだけ楽になった気がした。

家に帰ると着替えもせずに、部屋のベッドに横たわる。すると、すぐに夢の中へと引きずり込まれた。


私は夕飯も食べずにこんこんと眠り続けた。そのおかげで、翌朝早く目が覚めたときには、すっかり体が回復していた。食欲はなかったけど、無理やり朝食を流し込んで家を出る。

でもあまり食べてないのに、停留所につくころにはお腹が苦しくなった。よくなったと思ったのに、少し歩いただけで動悸や息切れがする。

「ひまり、顔色悪いけど、大丈夫か？」

バスの中で晴くんが心配そうに尋ねる。

「平気だよ。最近ちょっと疲れてるから、そのせいだと思う」

「無理すんなよ。俺につかまっていいから」

腰にグッと腕が回されて、晴くんに寄りかかる体勢になった。

「お、落ちつかないよ」

「大丈夫。俺に預けてくれていいから」

む、無理だ。恥ずかしくて余計に体に力が入ってしまう。最寄りのバス停につくまで、ドキドキしっぱなしだった。


さらに翌朝。

「ひまりちゃん、起きてる？」

コンコンとノックされてハッとする。

最悪、寝すぎた！

飛び起きると、いきなり体勢が変わったせいか、目の前が真っ暗になった。足から力が抜けてベッドへ倒れ込む。ものすごく体が重い。頭がフラフラして、目の前がボーッとする。熱くて汗をじっとりかいていた。

「――三十八度、か。今日はゆっくり寝てなさいね」

熱のせいで頭がうまく回らない。母親の、私の額に触れる手がゆっくりと離れた。

「ねぇ……机の上に、四つ葉のクローバーの栞、ある？」

「あったわ、これね。はい」

「ありが、とう」

ギュッと握って、目を閉じた。お母さんに包まれているようで安心する。白血病で入院してたときも、よくこうして寝たっけ。そうすると不思議と眠れるんだ。

いつの間にか眠りに落ち、目が覚めたときはすでに夕方だった。窓からオレンジ色の光が差し込んでいる。

さっきよりはずいぶん楽になったけど、それでも体はまだ重い。食欲もなくて、動く気にもなれない。

【なんかあったのか？】

ふとスマホを見ると、晴くんからメッセージが来ていた。私を気にしてくれているのが、文面からひしひしと伝わってくる。

【ごめん、熱で寝込んで】

そう打ち込んだところで、晴くんから電話がかかってきた。既読がついたのを見計らって、かけてきたんだろう。

『ひまり？　よかった！』

スマホの向こうから、待ってましたと言わんばかりの明るい声がした。声を聞いただけでどんな顔をしているのかが想像できる。熱で弱っているからなのか、晴くんの声を聞くとホッとした。

『返事がないから、すっげー心配した』

「ごめんね、熱が出ちゃって」

『風邪？』

「うん、そうかも」

『無理するなよ。この前も体調悪かったみたいだし』

「大丈夫だよ」

『………』

急に黙った晴くんは、しばらくしてボソッとつぶやいた。

『大丈夫って、ひまりはそればっかだな。辛いときは頼ってよ』

強がっているつもりはないのにな。だけど好きな人には心配かけたくないから、弱音は簡単には吐けない。

「辛くないよ。晴くんの声を聞いてると元気が出る」

『……っ』

「電話、ありがとう」

『俺の声なんかでよければ、毎日でも電話するよ』

「その気持ちだけで十分だよ」

『あー……くそっ』

「どうしたの？」

『……会いたい。声聞くと余計に』

うん、私も会いたい。会って安心したい。胸の奥にくすぶるこのモヤモヤを、振り払ってほしい。

『熱が下がったら、どっかに出かけよう。来月から叔母さんも戻ってくるし、時間できるから』

そう言われて、ようやく胸が弾んだ。

熱は三日ほどで下がったけれど、体力が落ちてしまっているせいか数日間は全身がダルくて仕方なかった。

「ひまり、ちょっと痩せた？」

「うん、実は今も食欲が戻ってないんだよね。胃が小さくなったのかな」

「よし、じゃあ今度クレープでも食べに行くか」

「うんっ！　行きたい！」

手をつないで歩く帰り道。久しぶりに触れる晴くんの手は、変わらず優しくて温かかった。この手に包まれると落ちつく。

「あのさ」

「ん？」

急にかしこまって、指先で自分の髪に触れる晴くん。

「公園、寄ってく？」

「公園？」

「俺、まだひまりと一緒にいたい」

「いいよ、行こう」

私がそう応えると、晴くんの口元がゆるんだ。停留所近くの公園に行き、ベンチではなくブランコに並んで座った。頬を撫でる秋風が気持ちいい。

「ここ、もう少ししたら紅葉がきれいなんだよね。春もね、桜が満開で花びらの絨毯ができるの」

「へえ」

「私、四季を感じられる場所に来るのが好きなんだ」

「春は桜と四つ葉のクローバーだな」

「え？」

「春になったら、探すの手伝うよ。奇跡の葉っぱ」

「あ、また葉っぱって言った！」

「だって、葉っぱだろ」

「クローバーの奇跡を信じない人の願いは、叶わないいんだからね」

「はは、いいよ。今のところ全部叶ってるから」

「うわぁ、そんなセリフ言ってみたい」

スネてみせるとクスッと笑われた。

「ひまりの願いは？」

視線を感じて振り向くと、ドキッとするほどの真剣な眼差しの晴くんがいた。

「わ、私の願いは……」

晴くんとずっとこうしていられますように……。一年後も、五年後も、十年後も——。

きみの隣で笑っていられますように。

恥ずかしくて口にできなかったけど、それが今の私の願いだよ。

● ● ● ● ● ● ● ● ● ● ● ● ●

十月になり、制服が冬服になった。

出会ったころの晴くんは人を寄せつけないオーラを放っていたけど、今は表情がとても柔らかくなった。優しく微笑む晴くんの顔がすごく好き。

「そういえば、来月はひまりの誕生日だな。どこ行きたい？」

「覚えてくれたの？」

「そりゃ覚えてるだろ。行き先、考えといてよ」

「うん！」

楽しみだな。

私がクローバーのヘアピンをつけているように、晴くんも誕生日プレゼントのブレスレットをずっとしてくれている。今でははめていないと落ちつかないんだって。

毎日の出来事を話すのは私の役目。晴くんは相槌を打ちながら、楽しそうに聞いている。

そして必ず私の最寄りの停留所で一緒にバスを降りて、マンションの下まで送ってくれた。

晴くんと一緒にいると、手をつなぎながら歩く帰り道が、穏やかな横顔が、どこまでも果てしなく続いている青空が——全部、輝いて見えたの。

「今日も送ってくれてありがとう」

あーあ、もうついちゃった。早いな、寂しいな。でも、もう少し一緒にいたいなんて恥ずかしくて言えない。

名残惜しくてつないだ手を離せずにいると、キョロキョロとあたりを見回して、人がいないか確認した晴くんがゆっくり近づいてきた。

抱きしめられる。直感でそう感じ、体が固まる。ふわりと、優しく抱きしめられ胸の鼓動が大きく高鳴った。

「じゃあ、また明日な」

「うん、ありがとう」

照れくさそうにはにかむ晴くんに、私も笑顔で手を振った。


数日後の土曜日の午後、私は美奈ちゃんとの待ち合わせで駅にいた。突然降り出した雨のため、構内は混雑している。まさか降ると思ってなかったから傘を持ってこなかった。


――ズキン。

そのとき突然、頭に電流が流れるような痛みが走った。駅まではゆっくり歩いてきたというのに、それだけで疲れてしまったのだろうか。立っているだけでめまいがしてきて、さらには気温が下がったからなのかぶるっと身震いする。

肩をすくめたとき、スマホにメッセージが入った。

【本当にごめん、ひまりちゃん！】

美奈ちゃんからだった。急な家の用事で行けなくなったと、謝罪の言葉が綴られていた。

……どうしよう。せっかくここまで来たのに、すぐに帰るのはもったいない気がする。

それにまだ頭がぼんやりするし、どこかで少し休みたい。そう思い、向かったのは晴くんのお店。

「あ、いらっしゃいませ」

奥のカウンターから佐々野さんが顔を出した。長い髪をひとつに結んで、弾けるような笑顔を見せる。

「雨、大変だったね。寒くない？」

「突然降ってくるからビックリしちゃいました。少し寒いけど、大丈夫です」

座っていると頭痛が落ちついてきた。ホットミルクティーを注文して暖を取る。佐々野さんはキッチンに立っているけれど、お客さんはちらほら入っている程度で、そこまで忙しいわけではなさそう。

「――佐々野さんって、美人ですよね」

「えっ？」

「あ、ごめん、思わず口走っちゃった！」

「あはは、美人だなんてそんなっ！」

「実は私……ちょっと嫉妬しちゃってたんです」

話すつもりはなかったのに、するりと口から出てしまった。言ったあとにハッとする。

「ご、ごめんなさいっ、変なこと言って」

佐々野さんは驚いたように目を見開いたあと、すぐに優しく笑った。

「そんな必要ないのに。晴臣くん、いつもひまりちゃんのことばっかり話してるよ？」

「ウソ!?」

「ほんと、ほんと。晴臣くんはひまりちゃんひとすじだから、自信持って！」

佐々野さんは私の肩にそっと触れた。きれいなだけじゃなくて、優しくていい人なんだな。


「ひまりちゃん、いつもありがとね」

帰り際、叔父さんがニコニコしながら店先まで見送ってくれた。

「それと連絡しておいたから、そろそろ来るんじゃないかな？」

来る？　誰が……？

「ひまり！」

遠くからこっちに走ってくる人が見えた。はぁはぁと大きく肩を揺らしながら、私の前で足を止める。

「は、晴くん？」

なんで？

「連絡もらって、それで……はぁっ」

「やっぱり愛されてるね、ひまりちゃん。晴臣、家まで送っていきなさい」

ウインクしながら叔父さんは言うと、晴くんもうなずく。

「わかってるよ、最初からそのつもりだし。っていうか、ひまりもここにいるって言ってくれれば、もっと早く来たのに」

「あ、ごめん。今日はたまたまなんだ。美奈ちゃんとの約束がなくなったから」

「ふーん……」

どことなくスネたように唇を尖らせる晴くん。

「だったら、余計に連絡してほしかった」

「ごめんね、突然だったからさ」

私たちの様子を、叔父さんがにこやかに見守っている。

「行こう」

視線に気づいた晴くんが、私の手を取って歩き出した。つながれた手が熱い。

どちらからともなく、足は停留所近くの公園へ向かう。この公園は私たちの定番になりつつある。雨上がりの公園は、いつもよりも空気が澄んでいるようだった。

「雨降ってたから遊具も濡れてるね」

「だな。ベンチに座るか」

木陰のベンチが濡れていないかチェックする晴くん。

「端はまだ濡れてるけど、真ん中は乾いてる。詰めれば、ふたり座れるよ」

詰めれば……。

「ひまり？　こっち」

晴くんはすでに座っていて、なぜか意地悪な表情。

私は体を縮めながらゆっくり腰を下ろした。すると、必然と晴くんとの距離が近くなった。手を引き寄せられて肩同士がぶつかる。同時にギュッとつながれた手と手。

「ひまり」

耳元で名前を呼ばれて横目で見れば、男らしく熱っぽい瞳を向けられているのがわかった。

「こっち向いて」

ドキドキとありえないほど心臓の鼓動が速くなる。緊張しているのか、晴くんの手が小刻みに震えている気がした。晴くんも同じなのかと思うと、胸の奥がくすぐったくて、温かい気持ちが込み上げてくる。

観念してそっと顔を向けると、晴くんの顔がゆっくり近づいてきた。どうすることもできず、ただ固まる私。この心臓の音が、どうか晴くんには聞こえていませんように。そんなことを考えていると、晴くんの唇が私の唇に重なった。

優しい温もりに胸がじんと熱くなり、目の前にいる晴くんのことしか見えなくなった。

「晴くん……好き」

「俺も好きだよ」

幸せすぎて涙があふれた。

蝕まれる現実

「──ひまりちゃん、具合い悪いんじゃない？」

「え？」

日曜日の朝、リビングに行くと、唐突に母親からそんなことを言われた。実は昨日からダルさが続いている。ここ最近もずっと食欲もなく、ちょっと歩いただけですぐ疲れるようにもなった。

「大丈夫だよ」

私は悟られないように笑みを貼りつけた。いつものように笑えている。だから、なにも問題はない。

「食欲だって落ちているし、一度病院に行きましょ」

「大げさだよ」

「なに言ってるの、取り返しがつかなかったら困るでしょ」

本当は病院に行くのが怖い。ここ数日、私自身もちょっと変だなと思っていた。

この感覚を私は知っている。だってそれはまったく、小学四年生のときの症状と同じだったから。

「検査してもらいましょ」

「嫌……」

無意識に口から出た言葉。やだ、怖い……。

けれど翌日、学校を休んで半ば強引に母親に大学病院へと連れていかれた。

簡単な採血を終えて待っていると、名前をアナウンスされた。診察室に入ると、小学生のときからお世話になってる主治医の先生が、深刻そうな表情を浮かべている。

「採血結果なんですが」

悪いことを言われるのだと直感でわかった。

「——白血球の数が異常に増加しています。血小板の数値も上がってますね」

ドクン、心臓がナイフで貫かれたかのような衝撃だった。ウソだ、そんなの、絶対にウソ。

「そ、それは、再発ということですか？」

隣で母親のうろたえる声がした。

「それを調べるために、今日から入院して詳しい検査をしましょう」

にゅう、いん……？

うまく息ができない。吸っているはずなのに、苦しくて苦しくて、胸の痛みが収まらない。なんで……？　どうしてこんなことになったの……？

「ひまりちゃん、なにか持ってきてほしいものはある？」

すぐに帰れるんだよね？　私、なんともないよね？

「ひまりちゃん？」

「え？　あ……」

「とりあえず、検査入院で一泊するだけだから、そう思いつめないで。ね？」

「うん、わかってるよ……」

そうは言っても不安はぬぐえない。


それからどれほど時間がたったんだろう。気づくと、病棟のカンファレンスルームにいた。そこには血相を変えたお父さんの姿もある。そして、長机の前で複雑な表情を浮かべる先生の姿。

「そ、それで、あの、ひまりはいったい……」

重苦しい沈黙の中、しびれを切らしたのかお父さんが口火を切った。

「率直に申し上げますと、再発している可能性が高いです」

まるで死刑宣告だった。顔から血の気が引いて、気が遠くなるような感覚。ウソだよ、そんなの！

お父さんや母親がなにか言っていたような気がするけど、耳に入ってこない。

「半年前の検査ではなにも異常がなかったのに、どうしてそんなっ……！」

お父さんはショックを隠しきれず、頭を抱えてうなだれた。

それを母親が隣でなだめる。

体が小刻みに震え、止めようとしても止まらない。

「もしも再発の場合だと、予後は極めて悪くなり、最悪の場合、余命は三か月です」

頭を鈍器で殴られた気がした。胸が苦しくて息が吸えない。

「もちろんできる限りの治療はしますが、最悪の場合も考えておいてください」

崩れ落ちそうな精神状態の中、私は必死に自分を奮い立たせた。

夜、布団に潜って目を閉じる。全身がカタカタと震えて止まらない。泣きたくもないのに涙が浮かんで、次から次に頬に流れた。

そんな現実から逃げたくてスマホを手に取ると、晴くんからメッセージが届いていることに気づいた。何気なくタップしてメッセージを開く。

【おーい、寝坊かー？】

時間を見ると朝に届いていたようだ。病院に来てからあっという間に時間がすぎて、不安でいっぱいでスマホの存在を忘れていた。

【とりあえず今学校から帰ってきた。帰りもバスにいなかったけど、大丈夫か？】

きっと心配させている。

「ふっ、うっ……」

画面が涙でボヤけて見える。私が死んだら……どうなるの？

翌日の朝になって母親が迎えに来ても、どこかでまだ現実を受け入れられない私がいた。全部夢だったんじゃないか。だけど、目覚めたら病室だったからガッカリした。

これは夢じゃない、夢なんかじゃ……ない。現実なんだ。嫌でもそれを思い知らされた。


退院した火曜日は学校を休み、迎えた水曜日。

学校へ行く気になれない。でも家にいるのも嫌で、重い体を起こしてノロノロと制服に着替えた。リビングに行くとお父さんと母親が、驚いた表情を見せる。

「ひまり、無理して行く必要はないんだぞ」

「そうよ、ひまりちゃん」

「大丈夫だよ」

だって無理してでも行かないと、崩れ落ちそうになる。

「次いつ学校に行けるかわからないし。ね、お願い」

ふたりはなにも言わなかった。だけど私の言葉に納得したわけでもなさそうだった。

困ったような表情で顔を見合わせ、しぶしぶ私の言い分を認めてくれた。

バス停に行くまでに時間がかかり、いつものバスに乗れなかった。おそらく私が学校に通えるのも今週いっぱい。次はいつになるか見当がつかない。

いつもの時間のバスに乗り遅れたことを、晴くんにメッセージした。するとすぐに既読がついて返事が来る。心配させたくなくて、昨日も今日も寝坊したってことにしておいた。

【立て続けに寝坊なんて珍しいな。帰りは会える？】

「…………」

【俺は会いたいよ、ひまりに】

晴、くん……。

治らなかったら……私はどうなるの。三か月後に死んじゃうのかな。そしたら晴くんは泣くの？　ギュウッと胸が締めつけられる。

「うっ……」

見たくないよ、そんな姿。

私は死なない。死んでたまるか。治るよ、治るに決まってる。実際、最初に病気がわかったときは治ったもん。

だって、治らなかったら……。もう二度と晴くんに会えなくなる。それだけは嫌だ。

ジワッと涙が浮かんだ。

晴くんに会えなくなったらどうしよう。私は、どうすればいい……？

晴くんの悲しむ顔は見たくないよ。心配かけたくない。迷惑かけたくない。好きだから重荷にはなりたくない。

どんな顔で会えばいいのか、わからない。きっと顔を見たら泣いちゃう。でも、晴くんに会いたい気持ちのほうが強い。

一時間目が終わったころを見計らって教室に行くと、苑ちゃんが駆け寄ってきた。

「ひまり、おはよう。体調よくなった？」

「おはよう。うん、大丈夫だよ」

よかった、まだ笑える。そんなことにホッとしつつ、席について授業の準備を始めた。

その日の放課後、誰もいなくなった教室でひとりぼんやりしていた。晴くんに会いたいけれど会いたくない。複雑な心境で今日一日をすごした。

朝はあんなに会いたいと思っていたのにね。待ち合わせしているわけではないけど、晴くんが乗っているであろうバスの時間に合わせて学校を出る気になれなくて、気づけばあたりはオレンジ色に染まっている。

ダメダメ、しっかりしなきゃ。結果が出たらはっきりするんだから、落ち込んでたらダメ。そう言い聞かせて教室を出た。

停留所に行くと、バス停の近くに晴くんが立っていた。

「ひまり！」

「晴くん……どうして？」

ぎこちない私を見て晴くんは不安そうに眉を下げた。

「心配で、ずっと待ってた。まだ顔色も悪いな。大丈夫か？」

「季節の変わり目だから体調が安定しなくて。ごめんね」

「いや、謝る必要ないよ。とりあえず、会えてよかった」

心底ホッとしたのか、晴くんの口元がゆるんだ。

「ごめんね……」

「ひまりの顔見られただけで、俺は満足だから」

私の気持ちを全部察してくれているらしい晴くんにニッコリ微笑まれ、小さくうなずくことしかできなかった。

「今週の日曜日は空けとけよ」

「え、どうして?」

「どうしてって、十一月六日はひまりの誕生日だろ。でも六日は平日だから、日曜日にふたりで祝おう」

そっか、誕生日……。いろんなことがあったせいで、すっかり頭から抜け落ちていた。

白血病のことがなければ、日曜日が待ち遠しくて仕方なかったはずなのに、どうしてこんなことになってしまったんだろう……。

私の降りる停留所につくと、晴くんも立ち上がる。

「いいよ、今日は送ってくれなくて。もう遅いから、早く帰って?」

私は断るけれど、晴くんはカバンから定期を取り出す。

「もう少し一緒にいたい」

伏し目がちにつぶやく姿に、胸がキュンと締めつけられた。

「俺がいつもひまりと一緒に降りるのはさ……」

わずかに顔を上げたあと、真剣な目で見つめるのはずるいよ……。

「もちろん帰り道が心配ってのもあるけど、それだけじゃなくて。俺がひまりと少しでも

「一緒にいたいから……って言ったら、引く？」

ほんのり赤くなった晴くんの顔。気まずいのかパッと目をそらされた。

「引かないよ……」

引くわけないじゃん。うれしいに決まってる。でもそのぶん、胸が苦しくて息ができなくなる。

「じゃあいいよな」

「え、あ……」

私の負けだ。だって本当は私も晴くんといたいんだもん。きっと私のほうが晴くんに会いたかった。だからそう言われてうれしかった。

もっともっともっと……一日が長ければいいのに。

見上げた空は薄暗くて、ところどころにオレンジ色と紺色が混ざっていた。

切なさが漂っていて、なんだかすごく泣きたくなった。

突きつけられた運命

家に帰るとなぜか母親と、仕事に行ってるはずのお父さんが帰宅していた。ふたりの目が真っ赤に充血しているのを見て、嫌なほうに勘が働く。

「ひまり、話があるんだ」

ゴクリと唾を呑み込み、ゆっくり息を吐き出す。気づくと握りしめた拳が震えていた。

「気をたしかに聞いてくれ。再発は……間違いないそうだ。今すぐにでも入院して、抗がん剤治療を開始したいと言われたよ」

「……っ」

「だから……明日から入院しよう。ごめんな、ひまり……っ」

お父さんの目が潤み始め、みるみる涙が溜まっていく。小学生のときに見た光景と同じだ。

「でもきっと、治るから……っ。がんばろう、お父さんもひまりのそばにいるから」

どれだけ辛くても、私は泣いちゃいけない。だから歯を食いしばって耐えた。

「大丈夫だよ……お父さん。でも、入院は来週の月曜日まで待って……お願い」

「ダメだっ。ひまりの体が白血病細胞に侵されているかもしれないって考えたら……今すぐにでも――」

「お願い！　……会いたい人が、いるの」

「ひまりちゃん！」

「お願いします！　お願い……」

「わかった……ひまりがそこまで言うなら……」

最後は私の粘り勝ちだった。部屋に戻ったあと、ずるずるとベッドに座り込む。じわじわと迫りくる恐怖。なにもやる気が起きない。それからどれくらいぼんやりしていたのかはわからないけど、気づけば夜が更けていた。

土曜日は、まるで廃人のように一日中ベッドの上ですごした。

目を閉じると浮かんでくるのは晴くんの顔。会いたい、今すぐに。声が聞きたい。ギュッとしてほしい。

「うぅ……っは、る、くん……っ」

抗がん剤治療って髪の毛が抜けるんだ。食欲もなくなって、まともにご飯が食べられなくなる。副作用が苦しくて、毎日吐いてばかり……。それにね、抗がん剤が効かなかったら……私の余命は三か月。

もし、死ぬようなことになったら……。晴くんを傷つけるに違いない。晴くんを苦しめるくらいなら、離れる覚悟だって……。

ピロリンとスマホが鳴った。晴くんからだ。

【明日は楽しみだな。十一時に迎えに行くよ】

涙で文字がにじんだ。

次の日、約束どおり晴くんがマンション下まで迎えに来た。

私はブラウンの長袖のロングワンピースの上に、サテン生地の短めのジャケットを羽織って、髪をハーフアップでまとめた。晴くんにもらったヘアピンは、今日はつけていない。

昨日、無理して固めた決意が揺らがないようにするためだ。

晴くんは白いシャツに黒のデニム、グレーのジャケットを羽織っている。相変わらずモデルのようにスラッとしていてカッコいい。

「どこ行くか決めた？」

「うん。公園がいい」

「公園？」

怪訝そうに眉を寄せる晴くん。

「私の好きな場所でいいって言ったでしょ？」

「いや、まぁ、いいけどさ。誕生日だろ？　もっと思い出に残るような場所に——」

「いいの。停留所近くの公園に行きたい」

「わかったよ、頑固者」

ごめんね……ごめん、なさい。

「で、なにがしたいんですかね。ひまりさんは」

「ボーッとしよう」

公園の広場につくと、ふたりで並んでベンチに座った。そして私は空を見上げる。

「空がきれいだよ、晴くん」

「変なヤツ……」

「今ごろ気づいたの？」

「………」

そっと触れる指と指。たまたま当たったのかと思って離そうとすると、ギュッとつかまれた。見上げた空がとてもきれいで、涙があふれそうになる。

このまま時間が止まればいいのになんて、叶わない願い。

晴くんの隣にいたかった。でも晴くんは、先がわからない私なんかと一緒にいても、幸せにはなれない。

ごめんね……。私はきみの笑顔を守りたい。今日で最後。今日が最後。

「ねえ、晴くん」

「ん？」

「もう会わない……」

「え？　なんて？　よく聞こえなかった」

こちらを向いて、優しく笑う晴くん。その顔が、たまらなく好き。

「なんかあったんだろ？」

えっ……。

「最近っていうか、先週からずっと様子がおかしいから、気になってさ」

ざわざわと木々の葉っぱが揺れる。快晴の空に色づく真っ赤な紅葉。とてもきれいなはずなのに、どうしてかな、その光景がとても寂しい。

「……っ」

その温もりにほだされて、喉元まで本音が出かかった。

好き……。

でも、ギリギリのところで理性が押しとどめる。

「もう会わない」

晴くんの目を見ていることができなくなった。

「は……？」

晴くんの声がかすかに震えた。眉間に刻まれたシワが徐々に濃くなっていく。

「いや、意味がわからない。どういう意味？」

「言葉どおりの意味だよ」

「言葉どおりのって、ひまり、俺のこと、嫌いになった……？」

「……っ」

「俺は、ひまりが好きだよ」

その言葉を聞いてどうしようもないほど泣きたくなった。今すぐその胸に飛び込みたい。優しくギュッと抱きしめてほしい。気を抜くと涙がこぼれそうになる。

晴くんが好きだと心が叫んでいる。でも、口にすることはできないからグッと呑み込む。喉の奥がツンとして、胸が張り裂けそう。とっさに下を向いて顔をそらした。

「ひまり？」

「……い」

「え？」

「もう……好きじゃ、ない」

えぐられるように胸が痛んだ。

「だから……ごめん」

「冗談……だよな？」

切なげに揺れる瞳。今にも泣き出しそうな晴くんの顔を見ていられない。

「ちゃんと俺の目を見ろよ」

まっすぐな晴くんの言葉が胸を揺さぶる。

「好きじゃ……ない」

「な、んで……いきなり、そんな」

「他に好きな人ができたの……だから、晴くんとは終わりにしたい」

「は……？」

「ごめん、なさい……」

私はとっさにベンチから立ち上がった。

「好きだ……ひまり」

「……っ」

晴くんも同じように立ち上がり、そんな彼に真正面からギュッと抱きしめられる。

背中に腕が回されて晴くんの胸に顔を埋めた。ほしかった温もりに、涙がひと粒こぼれ落ちる。熱くて、切ない。そんな涙。

「晴くん、ごめん……無理、だよ」

「……っ」

「離して……」

傷つけることでしか離れられない私を、許さなくていい。だからどうか、早く忘れて。

「晴くん、お願い、離して……」

胸を両手で押すと、晴くんの体は簡単に後ろに弾かれた。

「バイバイ」

ごめんね……。

「待てよ……せめて、これ……受け取って」

追いかけてきた晴くんは、ジャケットのポケットからきれいに包装された箱を取り出すと、私に差し出した。

「誕生日、プレゼント……こんなことに、なるなんて思ってなかったから用意してた」

「いらない……」

「だったら、捨ててくれていいから」

「いらないってば！」

こらえきれなくなって、思いっきり突っぱねた。その拍子にプレゼントの箱は晴くんの手から離れ、飛んでいく。

「あ……」

どう、しよう……最低だ、私。完全に嫌われた。いや、それでいいんだ、それで。でも、苦しいよ。傷ついたような晴くんの顔を見ていたくなくて、私はとっさに駆け出した。

「ふっ、うぅっ……っ、ひっく」

次から次に涙が出てきて止まらない。これでよかったはずなのに……胸が張り裂けそうなほど苦しくて。

帰ってからは、ベッドに潜り込んで思いっきり泣いた。涙が枯れるんじゃないかってほど泣き続けて、気づくと涙と鼻水でぐちゃぐちゃだった。

どうして、病気になるのが私だったんだろう……。

ずっと晴くんの隣で笑っていたかっただけなのに。

●　●　●　●　●　●　●　●　●　●　●　●　●

入院して一週間がたった。抗がん剤の影響で食欲がなくなり、一週間で五キロも痩せてしまった。

「おえっ……はぁ、はぁ」

苦しくてうまく息ができない。吐くものなんて胃の中にはないのに、吐き気が収まらない。ムカムカして気持ち悪い。

ベッドからそっと下りて棚の引き出しを開ける。中には四つ葉のクローバーの栞。手に取り、再びベッドに横たわった。胸に抱いていると安心感が広がって落ちついてくる。

入院してからここ最近あまりよく眠れていなかったけど、疲れがピークに達していたせいか、この日は眠ることができた。

看護師さんがカーテンを開ける音で目を覚ますと、すでに太陽は高い位置にあり、窓の外には真っ青な空が広がっていた。

青空を見ると晴くんを思い出して胸が痛む。

ベッドテーブルの上のクローバーのヘアピンを手に取った。

会いたい……。

何度そう思ったかな。

会えない。会えるわけがない。あれだけ傷つけておいて、なに都合のいいこと考えてるの。弱気になっちゃダメ。強くならなきゃ。

一日中ぐるぐる思考が巡ってまとまらない。大丈夫だと思っても、すぐ暗いほうに気持ちが傾く。ぐるぐるぐるぐる、同じことの繰り返し。いつまで考えたら、答えが出るのかな。


翌日。鏡の中の私は生気がなくて青白い顔をしていた。

乱れていた髪の毛を整えようとしたら、手に髪が絡みついた。ごわっとした変な感覚。そーっと引き抜くと大量の髪が一緒にまとわりついてきた。

「い、いや、ウソ、でしょ……」

わかっていた。抗がん剤の副作用でこうなるってことは。でも、突きつけられた現実に全身がカタカタと震える。涙が一気にあふれて頬に流れた。

せっかくここまで伸びたのに、また全部抜けちゃうんだ。嫌だ。誰にも見られたくないよ、こんな姿。

涙が止まらなくて、慌ててベッドに潜り込む。布団の中で体を小さく丸めた。迫りくる恐怖に耐えながら、けれど涙はいつまでも止まらない。

目が腫れぼったくて、布団のシーツの上にも髪の毛のザラザラとした感触がする。起き上がると髪の毛がシーツの上にごっそり落ちていた。

窓の外はビューーッと強い木枯らしが吹いている。冬本番、ガタガタと揺れる窓を虚ろな目で見ていた。なにもやる気がしなくて、毎日がとても辛い。いっそのこと、このまま楽になれたらいいのに。

第五章 きみは私の光

愛しい人

テレビをつけると、クリスマス特集が流れていた。どこのディナーがおいしいだとか、今年のクリスマスプレゼントの売れ筋ランキングだとか、イルミネーションの様子だとか、街中が浮き足立っている。

再発していなかったら、晴くんと一緒にすごしていたであろうクリスマス。イルミネーションを見たり、ケーキを食べたり、プレゼント交換だってしてみたかった。叶うことのない願いに、じんわりと涙が浮かんだ。

今日は朝から検査だった。背中に太い注射針を刺されて、思わず涙が出て、歯を食いしばる。痛みを伴う検査は精神的な負担もあり、検査が終わったときにはぐったりしていた。

病棟から看護師さんが迎えに来て、車椅子に乗せられて病室へと移動する。

「あ、そういえばさっき、ひまりちゃんに面会の男の子が来てたわよ」

「え？」

ドクンと胸が高鳴った。

「中学生かな。背が高くて、カッコよかった。彼氏？」

ドクンドクンと次第に心臓が早鐘を打ち始める。

いや、でも、まさか。そんなはずはない。入院してることは、誰にも言ってないもん。

「あ、あの、その人って今どこにいますか？」

「とりあえず午前中は検査だって伝えたけど、また来るって言ってたよ」

「………」

期待しちゃいけないって言い聞かせるけど、まだ胸はドキドキしている。

病棟に戻ると、廊下を進んで面会スペースの前を通った。太陽光がさんさんと降り注ぐ、病院で一番明るい空間だ。

「あ、いたいた！　ちょうどよかった。ほら、あの男の子」

自動販売機の前で、ちょうど飲み物を買おうとしていた広い背中。

そこから目が離せなくなって、まばたきして凝視する。もう何度も見てきた広い背中に、息が止まりそうになった。

「声かける？」

「は、早く病室に戻ってください！」

顔を見られないように下を向く。スウェットの上で固く握りしめた拳に、爪が食い込んで痛い。

なんでいるの？　なんで……！

「でも、いいの？」

こくこくとうなずく。大丈夫、下を向いていれば私だとバレることはない。

髪が抜け落ちてニット帽をかぶり、すっかり痩せ細った私はもう、彼が知ってる私じゃないんだ。

「ひ、まり……？」

そのとき、恐る恐る探るような低い声が聞こえた。ざわざわしているのに、やけにクリアだった。顔を上げちゃダメ。だって、顔を見たら……。

「ひまりだろ……？」

ゆっくり近づいてくる足音。視線の先に、晴くんがいつも履いてるスニーカーが映った。

小刻みに拳が震えて、とうとう私は顔を上げた。

「は、るくん……」

半信半疑だった晴くんの驚いた顔がそこにあった。顔を歪ませ、傷ついたような顔で笑っている。

「やっと……会えた」

そう囁いた晴くんの目に、涙が浮かんでいるように見えたのは私の気のせいかな。

「会いたかったんだ、ずっと」

そう言って、車椅子に座っている私を優しく抱きしめる。人が大勢見てるのに、そんなのはお構いなしだ。看護師さんはクスクス笑いながら「じゃあ、あとは王子様に任せたから」と冗談っぽく言って、ナースステーションに戻っていった。

「――体は平気か？」

「うん……」

向かい合い、伏し目がちに小さくうなずく。

きっと晴くんは私が再発したことを知っている。そうでなければ、こんなところには来ないと思う。

「どうして私がここにいるってわかったの？」

「ごめん、海堂に聞いた。海堂はひまりの家に行ったときに母親から聞いたって」

「そっか……」

訪れる沈黙がやたらと重い。

「ひまり、俺……やっぱ納得できない」

「……っ」

「この一か月、ずっとひまりのこと考えてた。俺、なんも気づけなくて……ごめん」

「謝らないで。晴くんは悪くないよ」

「いや、俺が頼りないっぱっかりに。ずっとそばにいるっつったのに……守れなかった」

「悪いのは私だよ」

晴くんを傷つけて遠ざけた。今も私の気持ちは変わらない。

「俺は、おまえが好きだ」

反応するな、私の心臓。

「ひまりのそばにいたい」

優しい言葉に寄りかかりたくなるけれど、晴くんの手を取ってはダメ。私といても、
晴くんは幸せにはなれないんだから。

「私はもう好きじゃない……だから、ごめんね」

「ウソだろ、それ。俺のことが好きだって、顔に書いてある」

「ウソじゃないよ。もう好きじゃなくなったの……」

ギリギリと胸が痛んだ。

「晴くん、もう来ないで……お願い」

「ひまり、もう一度ちゃんと話そう」

ちゃんと話そうって……晴くんはどういうつもりで……。

「ひまりちゃん？」

黙り込んでいると、晴くんの後ろから控えめに私を呼ぶ声がした。すると母親が姿を現し、私たちの顔を交互に見て大きく目を見開く。

「ひまりちゃんのお友達？」

「あ、えっと……」

「初めまして。ひまりの母です。よろしくね」

「日向晴臣って言います。ひまりさんのことが好きなんで、よろしくお願いします！」

ちょっと、なにを言い出すの。

「日向くんね。お見舞いありがとう。お邪魔だったかな？　先に部屋に行ってるわね」

母親はクスッと笑ってから、私の病室に向かった。

「やっべ、すっげぇ緊張した」

そう言うと、かしこまった顔から普段の晴くんの顔になる。

「ひまり」

しゃがみ込み、私の顔を覗く晴くんの目はとても優しくて、ほだされそうになる。晴くんから、目をそらすことでしか抵抗できない私。

お願いだから、これ以上心を乱さないで。せっかく決心したのに揺らいでしまう。晴くんの胸に飛び込みたいって、強く思っちゃうんだ。

「俺はまだ納得してない。ひまりは俺のこと、どう思ってる？」

「……っ」

「俺は好きだ」

握りしめた拳が、とても痛い。

「俺、ひまりが思うより頑固だよ。絶対に諦めないから」

「どうして、そこまで……私、髪だって全部抜け落ちて、痩せちゃったし……前までの私じゃないのに……こんな恥ずかしい姿、見られたくなかった……」

じわじわ込み上げる涙が目に溜まった。うつむきながら話しているから晴くんの顔は見えないけれど、今、どんな表情をしているんだろう。

「どんな姿だろうと、ひまりはひまりだろ。俺は目の前にいるひまりが好きなんだよ」

「……っ」

こんな私を好きだと言ってくれる晴くん。だからこそ、私のせいで傷つけてしまうかもしれないと思うと、自分の気持ちに素直になれなかった。

「……明日も来るよ」

晴くんはなにも言わず黙り込む私に優しく言って、病室まで車椅子を押してくれた。

黒い運命

宣言どおり、晴くんは翌日もやってきた。ここは地元から遠くて電車代も時間もかかる。それなのに昨日と同じように笑っている。しかも、私と同じような黒いニット帽をかぶっていた。

「おはよう、ひまり。ほら、おそろい」

そう言って、ニット帽を取った晴くんの姿に思わず驚愕する。

「な、なんで……っ！」

「恥ずかしいっつってたから、俺も同じ髪型にしたら恥ずかしくなくなるかなって。俺ここまで短くしたことないから、めっちゃ寒い」

スキンヘッドの晴くんは何事もないように頬をかいた。そしてベッドのそばのパイプ椅子に座ると、優しく私の手を握ってくる。冷たい手、きっと外は寒かったよね。

「なんでこんなことするの……っ。バカ、だよ」

「うん、俺もそう思う。でも、ひまりのためならなんでもできるんだ」

「じゃあ……死んでって言ったら晴くんは死ぬの？」

「ひまりが望むなら」

晴くんがなにを考えているのかわからない。でも、彼の瞳に迷いはなかった。

「死んじゃ、ダメ。死なないで……お願いだから」

「わかったよ」

安心させるように頭を撫でてくれる優しい晴くん。その笑顔に胸がキュンと高鳴る。

好きだっていう気持ちがあふれて、止まらない。私は、ほとんど無意識に口を開いていた。

「好き」

どうしようもないくらい、晴くんのことが好き。ここまでされて、そんなふうに言われたら、もう気持ちを隠し通すことなんてできなかった。

「晴くん……大好きだよ」

手を握り返しながら見上げると、晴くんの目が大きく見開かれていた。だけどすぐに優しく目が細められ、晴くんは私の耳元に唇を寄せる。

「やっと言ったな」

「ごめんね……」

晴くんといると、心がとても温かくなる。

「晴くん、私ね……白血病が再発したの」

ここまで想ってくれてる晴くんに、自分の口からきちんと伝えたいと思った。

「うん。なんとなくわかってた」

晴くんの低い声からは感情が読み取れない。でもつながった手から、不安のようなものが伝わってくる。

「私、がんばるね。絶対に治してみせるから」

もう弱音を吐いたりしない。私の白血病は絶対に治る。晴くんがいてくれたら、辛い治療も乗り越えられる気がするんだ。

「俺も全力でひまりを支える。ずっとそばにいるって約束したしな」

晴くん……ありがとう。晴くんの優しさに、また胸が鳴った。

「治ったら、叔父さんのカフェの、フレンチトースト食べに行きたいな」

「ああ、行こう」

この一か月の空白を埋めるように、私たちはたくさん話をした。晴くんが明倫中学に出向いて苑ちゃんに会ったこと、そして私が休学しているのを聞いたこと――。

晴くんに再会したことで、沈んでいた気持ちが浮かび上がった。

そして迎えた十二月二十五日。

クリスマスイブもクリスマスも、晴くんはお見舞いに来てくれた。クリスマスプレゼントだと言って渡してくれた白いマフラーは、ふわふわして、暖かくてとても肌触りがいい。

「あと、これも受け取ってくれるとうれしい」

誕生日に私が突き返してしまったプレゼントを、不安げに差し出してきた。細長い箱。きれいにぬぐってあるけれど、隅っこに泥がついている。

思いっきり振り払ってしまった記憶がよみがえって、罪悪感が込み上げた。

「ごめんね……私」

最低なことをして晴くんを傷つけた。あのときはそうするしかなかったけど、本当にひどかったと思う。

「いいよ、ひまりの気持ちはわかってるから」

晴くんは、そんな私に笑いかけてくれた。

「ありがとう……私、なにも用意してなくて……本当にごめん」

「俺が渡したくてしてるんだから。クリスマスも誕生日も、来年があるじゃん」

私に気をつかわせないためか、おどけたように晴くんが笑う。

「そうだね。じゃあ来年は期待してて！　晴くんが驚くプレゼントを用意するから」

「はは、楽しみにしとく」

「これ、開けてもいいかな？」

箱を晴くんに見せながら言うと、晴くんはうなずいてくれた。

「わぁ、すてき！」

中身はネックレスだった。プラチナの細いチェーンが、部屋の蛍光灯に照らされてキラキラ輝いている。しかも、トップには四つ葉のクローバー。葉の一枚だけにピンクゴールドがあしらわれていて、とてもかわいい。

「気に入ってくれた？」

「うん！　ありがとう！　クローバーのヘアピンとおそろいでつけたら、絶対かわいいよ」

想像するだけでとても楽しくて、自然と頬がゆるんだ。

「ひまりはクローバーが似合うよな。一目見て、これだと思って決めたんだ」

「ありがとう。うれしい」

晴くんからのプレゼントなら、きっとなんだってうれしい。また宝物がひとつ増えた。

「借して。つけるから」

「うん」

体を屈めて、私の首元に両腕を伸ばす晴くん。すごく近くて落ちつかないよ。

「ど、どう？」

なかなか私から離れない晴くんに思い切って尋ねた。そしてふと顔を上げると、晴くんの顔がすぐ目の前にあって驚いた。

「な、なに？」

「キスしていい？」

「え……！」

後頭部に手が添えられ、顔がゆっくり近づいてくる。晴くんの腕には誕生日に私があ

げた革のブレスレットがある。ドキドキしながらそっと触れる懐かしい温もり。晴くんの感触に目頭が一気に熱くなった。

「嫌だった？」

「ううん……」

嫌なわけない。晴くんの温もりに安心させられたの。

「俺の幸せは、ひまりといることだから」

晴くんは笑っていた。私の弱い心を包み込むかのような、頼もしくて優しい顔。

そばにいたい。なにがあっても。私は絶対に治ってみせる。晴くんのためにも。

・・・・・・・・・・・

年が明けて三学期が始まってからも、晴くんは毎日のようにお見舞いに来てくれた。

晴くんは私のお母さんやお父さん、晶ともすっかり仲良くなって、私がその場にいなくても、みんなで一緒に笑い合うほどまでになった。晴くんがそばにいてくれるだけで心地よくて、みるみる元気になっている気がした。

だけど、やっぱり抗がん剤を投与した日は副作用が出る。抗がん剤の点滴は一日中かけて、体の中にゆっくりと流し込む。そのたった一日だけの点滴がとても辛く、吐き気止めを飲むけれど、まったくといっていいほど効果がない。

「うぇ、げほっ……っ」

吐き気が治まらなくて、我慢できずにとうとう吐いてしまった。口の中に苦い味がして思わずむせる。

「ひまり、緑茶」

「あ、り、がと。晴く……、ごめん、ね……」

「いいから、謝るな」

口元までペットボトルを持ってきて飲ませてくれた。緑茶の濃い味が吐き気を緩和してくれて、ちょっとスッキリした。優しく背中をさすってくれる手のひらに涙が出た。

こんな姿見られたくない。晴くんの前では、かわいい私でいたいのに情けないよ。

翌日から、私は個室に移った。

母親は晴くんがお見舞いしやすいし、電話もできるからと言っていたけど、実際はどうなんだろう……。

「ちょっとは寝たほうがいい」

「や、やだ……せっかく、晴くんがいるのに……」

「いいから」

ベッドから背中を浮かすと、晴くんに止められた。そして口元まで布団をかけ、子どもにするように頭を撫でられる。優しく微笑まれたら、もう完全に私の負け。

「……晴くん、なにか話して」

そうでもしないと気分が紛れそうにない。

「なんでもいいの。晴くんのこと、いろいろ知りたい……」

「そうだな……あ、そういえばこの前、テストが返ってきたんだ」

優しく私の頭を撫でながら晴くんは話し出した。

「うんうん、それでそれで」

「初めて数学で歩に勝った」

ちょっと澄ました顔で言うと、晴くんは得意げに微笑んだ。

「……オチがなくてつまんねーよな、こんな話」

「そんなことないよ。晴くんのことならなんでも知りたいし、聞きたいもん。すごいね、おめでとう」

晴くんは照れたように頬をかいて優しく目を細めた。

「そばにいるから、もう寝な」

「帰るときは声かけてね」

「わかったよ、おやすみ」

晴くんの手を握りながらそっと目を閉じると、すぐに睡魔が襲ってきた。

「——あ、あれ……？」

誰も、いない。窓の外は真っ暗で、すでにカーテンが閉められている。壁かけ時計を見ると、もうすぐ夕食の時間になろうとしていた。

「声かけてって、言ったのに……」

帰っちゃうなんてひどい。ふとテーブルの上を見るとメモが置かれていた。

『ごめん、かわいい顔して寝てるひまりを起こせなかった。また明日！』

晴くん……。

「あはは、字がへたくそ……」
でも、うれしい。
私は日記帳を取り出した。そして忘れないように今日の出来事を綴る。その後、パラパラと日記帳をめくった。

九月八日
今日は久しぶりに苑ちゃんと美奈ちゃんの三人で遊んだ。恋バナで盛り上がって、何時間もドーナツ屋さんでずっと喋り続けた。
話題は主に苑ちゃんの好きな人について！ 相手が意外すぎたけど、楽しかったなあ。

九月十四日
今日は晴くんと放課後デート。パンケーキを食べに行ってから、公園でぼんやり夕焼けを眺めた。この時期の夕焼け空が一番好き。
手をつないで、キスをして……。ものすごくドキドキした。

晴くん、大好き。

九月二十四日
とても肌寒くなった。季節の変わり目のせいか体調が悪いよー。
でも朝バスで晴くんに会うと、自然と顔がほころんで元気が出る。
晴くんの笑顔が好きだなぁ。

私……本当に治るのかな。この治療をいつまで続けたらいいの？

先の見えない未来に不安になる。大丈夫、なんだよね？

もうすぐ余命宣告の三か月がたとうとしているから、余計に不安になる。

両親は「大丈夫」だと言うだけで詳しいことはなにも話してくれない。でも、それはよくなっているからだよね？

そう信じたい。

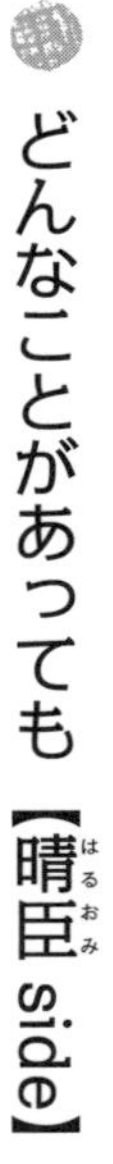

どんなことがあっても【晴臣side】

みるみる体力が落ちて、痩せていくひまり。そばで見ているのが辛いときもある。でもこれはあれだ。治癒していく上での過程であって、これからどんどんよくなっていくはず。今はただ少し抗がん剤で弱ってるだけ。

ベッドの上で、ひまりはスマホを操作していた。

「誰かにメッセージ？」

「うん、苑ちゃんや美奈ちゃんに会いたくなって送ってみたの。ずっと連絡できずにいたから、気になってて」

「うん。前に海堂に会ったとき、ひまりのことすっごい心配してた」

「だよね……悪いことしちゃったな」

そう言って目を伏せるひまりを優しく抱き寄せた。

「大丈夫だ、わかってくれるよ」

「うん……そうだといいんだけど」

ひまりのスマホから着信音が流れた。画面には【苑ちゃん】と出ている。

「ごめんね、晴くん。出てもいい？」

「ああ、遠慮せずに話してよ」

ひまりは不安そうに電話に出たけれど、徐々に笑顔になっていった。どうやら解決したらしく、電話を切るときにはさっきまでとは比べものにならないほどの、明るい笑顔を浮かべていた。

「苑ちゃんと美奈ちゃんが、明日お見舞いに来てくれるって！　あ、あと福島と歩くんにも声かけてくれるって！」

なんだか俺が来るときよりうれしそうだな。福島もかよ、なんでだよ、と突っ込みを入れたい気持ちを抑えつつも、うれしそうなひまりの顔を見てたら俺まで幸せな気持ちになる。

ひまりは笑ってるのが一番だから、そのためならなんだってしてやる。

翌日、学校帰りに合流した俺たちは、ぞろぞろと連れ立って大学病院を目指した。

歩は海堂に誘われたようだが、なにがあったのかと俺に聞いてきたので、事前にひまりの病気のことを伝えた。いつもは人懐っこさ全開でうざいくらい人に絡むのに、神妙な面持ちのまま静かに俺の隣を歩いている。

病院が近づいてくるにつれて、海堂の表情がどんどん曇っていくのがわかった。

病室の前で、ひまりの母親に出くわした。

「苑子ちゃん、晴くん……？」

ひまりの母親は最初に会ったころからすると、ずいぶんやつれた。それにここ最近、元気がなくなっているようにも思えた。

「おばさん、こんにちは。今日はみんなでお見舞いに来ました」

海堂が前に出て頭を下げる。

「そう。ぜひ、ぜひ、ひまりちゃんに会ってあげて……っ」

ぎこちなく笑いながら涙目になる母親の姿に、海堂は黙ったまま静かにうなずいた。

「苑ちゃん！　美奈ちゃん！　みんな来てくれたんだね」

ベッドに横たわっていたひまりは、こちらを見るなりうれしそうに微笑んだ。対する四人は、ひまりの姿を見て一瞬息を呑んだけど、すぐに笑顔になった。

「ヒミツにしててごめんね……私、すっかり変わっちゃったでしょ……？　髪の毛も抜けて、ビックリしたよね？」

「ひまり……」

「ひまりちゃん……」

女子のふたりは目を潤ませながら、ひまりの元へ駆け寄った。

「心配したんだからね」

「そうだよぉ、ひまりちゃん……」

ひまりに会えてホッとしたのか、笑いながらも涙を我慢している。

「ごめんね……苑ちゃん、美奈ちゃん」

ひまりも目を赤くしながら涙をこらえていた。

「ううん、謝らないで……！　ひまりちゃんが大変なときにそばにいてあげられなかったんだから」

「そうだよ、私たちのほうこそごめんね……っ」

三人は手を取り合って俺たちの目を気にすることなく、強く抱き合った。

俺の横で、福島も目を赤くさせている。

「そっか。おまえ、だからスキンヘッドにしたのか……」

隣で歩がつぶやいた。歩の目も真っ赤だ。

「バカだな、おまえ」

「うっせー……」

「でも、めちゃくちゃカッコいいよ。俺が知ってるヤツの中でもダントツ一番」

「そんなこと、ないよ……」

「晴くんたち！　そんなところに立ってないで、こっちにおいでよ。福島も歩くんも」

「ああ」

「ごめんね、ひまりちゃん。でもマジで久しぶりだね！　俺、ずっと会いたかったんだよー！」

「あはは、ごめんね」

「も、も、桃咲……」

「ちょっ、福島！　なに泣いてんの！」

ひまりがギョッとしながら言った。

「福島ー、私たちがんばって耐えたんだからね」

「そうだよ、福島くーん……泣かれたら、もらい泣きしちゃうじゃん」

「な、泣いてねーし！　目にゴミが入ったんだよ」

「もう！　なにありきたりな言い訳してんの」

海堂が苦笑いし、美奈は泣いていた。福島も強がりながらも、指でそっと目元をぬぐっている。

ひまりのまわりを取り囲んで会話が始まる。何事もなく明るく振る舞うひまりに、きっと全員無理して笑ってた。

聞きたいことはたくさんあるはずなのに、交わされる会話は学校のことがほとんど。

誰にも触れられない。触れたらきっと、ひまりの笑顔を奪うことになる。ここにいるヤツらが無意識にそう察するほど、今のひまり

は衰弱していた。


みんなで見舞いに行ってから五日がたった。

「晴くん、ちょっといいかしら？」

恐らく病室の前で俺が来るのを待っていたんだろう。ひまりの母親に話しかけられてドキリとした。

「ひまりはまだ眠ってるから、今のうちに少し話したいの」

悲しみに打ちひしがれるその瞳。目がくぼんで、クマがひどい。どれだけ涙を流したんだろう。想像するだけで胸が締めつけられた。

面会スペースの椅子に横並びで座る。どうにも落ちつかなくて、そわそわした。

「ひまりちゃんのことなんだけど……」

「はい」

「抗がん剤治療をやめることになったの……」

「えっ……！」

抗がん剤治療を、やめる……？　なんで？

「あの子に、……強力で、一番有効だと証明された新薬を投与してたんだけど……全然……効果がないのよ」

「だから、やめるんですか？　どうして？　だったら、他の抗がん剤を試せば治るかも」

手のひらが痛い。気づくと、自分の爪が食い込んで血がにじみ出ていた。

「ダメなのよ……もうどの薬も効かないの……先生にも、そう、言われたわ……ごめんね、晴くん……っ。もう打つ手がないの……」

「ウソ、だ……そんなの、ウソに決まってる」

なんで抗がん剤が効かないんだよ！　他のを試せばきっと治る。治るに決まってる。

だって……治らなかったら、ひまりはどうなるんだよっ。

「余命は一か月もないだろうって先生が……ごめんねっ……っ。あの子を守ってあげることが……できなくてっ」

「な、んで……っ」

なんでひまりなんだよ。ひまりがなんかしたのかよ！　どうして……。

『余命』というワードに、不意に目頭が熱くなった。俺の意志とは無関係に、頬を伝って雫がポタポタこぼれ落ちる。男が泣くなんてみっともない、カッコ悪い。頭のどこかでそう思うのに、突きつけられたあまりにも残酷な現実に、次から次へと涙が出てきて止まらない。

それから二十分ほどたって顔を洗い、鏡で目が腫れていないのを確認すると、俺は病室の前で大きく深呼吸をする。

「あ、晴くん！　おはよう」

いつもと変わらない明るい声。よかった、昨日よりは元気そうだ。朝だからなのか、顔色もいい。

「晴くん、私ね……晴くんに出会えて幸せだった」

いつもより元気そうに見えるのに、ひまりの声は今にも消えてしまいそうなほど弱々しかった。

「——やめろよ、そんないなくなるみたいな言いかた」

「うん、ごめんね。でも、感謝の気持ちを伝えておきたくて。ありがとう」

パイプ椅子に座り、ひまりの手を握る。温かい、ちゃんと生きてる。この手が冷たく動かなくなる日が来るかもしれないなんて考えたくない。

「晴くん」

「ん？」

「私ね、晴くんに一目惚れだったの」

「え？」

「初めて出会った小六の夏から、私、晴くんに恋してたんだ」

小六の夏、それは夕方のコンビニでの出来事だ。俺も初めてひまりに会ったときのことは、はっきり覚えている。ビクビクしながらも小さな体で年上の男たちに立ち向かっていった、強いひまりの姿を。

「晴くんが助けてくれたとき、ちょっと怖そうな人だなって思ったんだけど……でも、優しいんだなって。私、そのときもう好きになってたんだ」

「ふ。なんだ、それ」

「それでね、中学生になってバスの中で晴くんを見かけて、すごくうれしかった。でも、話しかける勇気はないからこっそり見てたの」

俺も中学生になってすぐのとき、あのときの子だってすぐに気がついた。話しかける勇気がなかったのは同じで、気になる程度の存在だったけど、ひまりの姿を見かけるたびに胸が弾んでいた。

「晴くんの笑顔を見てると、元気になれるから、ずっと笑っててほしい」

ひまりの手の温もりがいつか消えてしまうなんて、耐えられない。だけど、一番辛いのはひまりなんだ。俺の笑顔なんかで元気になれるなら、ずっと笑っててやる。

「俺も、きっと一目惚れだった」

「晴くん……」

「ん……？」

「大好きだよ」

そう言ったひまりの声が震えていた。

「俺もひまりが好きだ」

「うん……」

「ずっとそばにいるから、安心しろ」

「ありがとう……」

俺はひまりの細い肩に手を回し、そっと引き寄せた。

三月に突入し、寒さがずいぶん和らいだ。ひまりは早咲きの桜を窓から見下ろすのが楽しみだと言っていた。

抗がん剤治療をやめたからなのか、ひまりの頭には、うっすらと産毛が生えている。副作用に苦しむこともなく、穏やかな時間が流れていた。ときには見舞いに来た海堂たちと楽しそうに話すこともあった。

そんなひまりの姿は、たとえるなら冬のひだまり。

ポカポカ暖かいオレンジ色が似合ってる。いるだけでその場が明るくなるんだ。

ずっと永遠に今が続けばいい。他にはなにもいらないから、このままでいさせてくれ。

「ねぇ、晴くん……お願い、聞いてくれる……？」

「どうした？」

「一晩だけ、一緒にいたい」

「え？」

「先生がね、病室に泊まるならいいよって言ってくれたの……ダメ？」

首をかしげながらの上目づかいがめちゃくちゃかわいくて、ドキッとしてしまった。

「いいのか？　俺なんかで」

「晴くんと一緒がいいの。お願い」

「やべぇ、うれしい……」

さっそくその日、ひまりの両親に許可をもらって泊まらせてもらうことになった。

夜になり、ふたりで窓の外の星空を見上げる。窓は開けられないので、ひまりの体を抱き上げて、病室の中から一緒に眺める満点の星空。

「きれいだね」

「ああ」

そう言いながら目と目が合って、なんだか照れくさい。

「キスしていい？」

「うん、同じこと思った」

ひまりの唇に口づけた。柔らかいこの感触。華奢な体。全部を記憶に刻み込むように、忘れないように、ゆっくりと。

ひまりをベッドに下ろすと、近くのパイプ椅子に座って手を握った。

「晴くん……ありがとう」

「うん。遅いからもう寝よう。俺、寝つくまでここにいるから」

「ん、わかった」

細くなった指で、俺の手を握り返してくるひまりが愛おしい。離れたくない。一年後も、十年後も、この先の未来も一緒に歩いていきたい。

「やっぱり眠れないや……ねぇ」

「なんだよ？」

「あのね、ときどきふと思うんだ……」

「………」

「今が幸せすぎて怖いって。家族がいて、晴くんがいてくれる。それだけで私は十分幸せ。だから、ありがとう。いつも私のそばにいてくれて」

「俺がいたくて一緒にいるんだから、お礼なんかいらない」

「うん、そうなんだけど……私」

ひまりの声は、そこで一旦途切れた。暗闇の中でズズッと洟をすったような音が響く。

「生きたい……っ」

ひまりの切実な声に胸が痛くて苦しくて、俺はグッと唇を噛んだ。

「ずっと晴くんと一緒にいたい……っ」

「うん、俺も……」

「晴くん……」

「ずっと一緒だからな」

「大好き……」

うん、俺も……。でも、言葉が続かなかった。

それからしばらくすると小さな寝息が聞こえてきて、ひまりは眠ったんだとわかった。

俺はベッドから出て、静かに眠るひまりの顔を見ながらその頬に触れた。かわいい寝顔。それに温かい、ものすごく。こうしてるだけで幸せなはずなのに、どうしてこんなにも胸が苦しいんだよ……。

それからどれくらいそうしていたんだろう。俺が眠りについたのは、空が白み始めてからだった。

春休みに入ると、俺は毎日ひまりの元に通った。

ひまりはほとんどベッドから起き上がることができず、一日の大半を寝てすごすような生活。それでも俺が行くと、布団の中から手を出して俺の手をギュッと握る。

だから俺も両手でひまりの手を握り返して、頭を撫でてやる。すると、うれしそうに笑ってくれるから、その顔が見れるだけで十分だった。

「は、る、くん……もう、帰るの……？」

悲しげに揺れるひまりの瞳を見ていると後ろ髪が引かれ、ずっとここにいたいと思ってしまう。

「また明日来るから、そろそろ休め。な？」

「う、ん……寝るまで、いて、くれる？」

「ん、わかった」

「ありが、とう……」

ひまりが眠りにつくまで手を握っていた。

ずっとひまりと一緒にいたい。失うなんてとてもじゃないけど考えられない。だって今、ひまりの手はこんなにも温かい。思い出だってたくさんある。いなくなるなんて、この状況でもまだ信じられない。

「……っ」

歯を食いしばり、不意に浮かんだ涙を拭った。今まで生きてきて、こんなに辛い現実を俺は知らない。いや、直面する機会がなかった。当たり前にあると思っていた命は、当たり前なんかじゃないんだと思い知らされた。

「は、る、くん？　泣いて、るの……？」

弱々しい、ひまりの声がした。

「ね、だい、じょうぶ……？」

寝ぼけ眼で薄目を開けたひまりが、心配そうに眉を下げる。一番辛いはずのひまりに、こんな顔をさせて、なにをやってるんだろう、俺は。

「大丈夫、泣いてなんかないよ」

そんなひまりの頭をポンポンと優しく撫でる。せめて、ひまりの前ではカッコいい姿のままでいたい。情けない姿なんて見せられない。

「おやすみ、ひまり」

頭を撫で続けると、ひまりは再び眠りについた。

それから三日がたち、ひまりは寝ていることが多々あった。

ベッドの周囲にたくさんの機械が置かれ、アラーム音がピコピコ鳴っている。食事も口から摂れなくなり、鎖骨部分からの点滴で栄養を補給している状態だ。

目が開いていても時々視線が合わず、朦朧としていることが増えた。ここ最近は両親も交代で泊まり込んでいるそうで、医学に無知な俺でも、それほど状態がよくないというのはすぐにわかった。

放課後、ひまりの病室の前まで来ると、なにやら慌ただしくスタッフが出入りしているのが目に入った。

「あ、晴くんっ……ひまりちゃん、ひまりちゃんが」

緊迫した母親の顔を見て、ひまりになにかあったのだと察した。

「ど、どうしたんですか……っ？」

聞かなくてもわかる、危ないんだと。

「呼びかけても反応がなくて……血圧も下がって……今、処置してもらってるの。どうなるか、わからないって……」

ひまりの母親は涙を我慢することなく泣いていた。

嫌だ、ひまりがいなくなるなんて。誰かウソだと言ってくれ。目頭が熱くなり、涙が頬を伝う。もう会えないかもしれない。そう考えただけで胸が張り裂ける思いだった。

その後、血圧が上昇し、持ち堪えたひまりとの面会が許可された。

「ひまり！」

「ひまりちゃん！」

ひまりの母親に許可をもらい、一緒に病室へ入る。さらにたくさんの管につながれた重体のひまりの姿を直視するのは辛い。

「大丈夫か？」

こんな時でさえ、ありきたりな言葉しかかけられない自分が嫌になる。だけど、他にどう言えばいいのかわからなかった。

「は、る、くん……」

ひまりは弱々しく開けた目だけを動かして俺を見た。

焦点が定まらないのか、はっきりとは見えていないらしい。そんなひまりのそばに近づき、手を握った。

「ここにいるよ」

「あ、ほん、とだ」

ひまりはほとんど力の入らない手で握り返してくれた。そんな些細なことに、たまらなくホッとしている自分がいる。

「目が、赤い。また、泣い……た？」

「違う……っ」

泣いてなんかない。ひまりの前では強くありたい。

「ごめ、ね、は、る、くん。ごめ、さい」

気づくと、ひまりの目から大粒の涙が流れていた。どれだけ治療が辛くても、一切涙を見せなかったひまりが泣いている。そんな顔をさせたくないのに、その姿に我慢ができなくなった。

ひまりには弱さを見せたくない、そう思うのに涙が止まらず、俺はひまりの手を強く握ることしかできなかった。


その日の夜、自室のベッドに入る前に窓からぼんやりと夜空を見上げた。

ひまりと一緒に過ごした夜ほど、星のきれいな夜はいまだに見たことがない。まだまだ一緒にいられるって信じていたのに、どうして突然こんなことになったんだよ。再発って、なんだよ。つい四か月前まではふたりで笑ってたのに。

考えたって変えられるはずもない現実が憎い。

寝ようとしても寝られるはずもなく、スマホの画面をひたすら凝視し続けた。スマホを操作するのに指を動かす気さえ起きない。

ピリリリリリ――。

着信音がけたたましく鳴って、ドクンと心臓が大きく脈打った。

心の奥底からふつふつと湧き上がる言いようのない不安。【ひまり母】と表示された文字を見て、嫌な予感がよぎる。俺は無意識に震えながら指を動かして電話に出た。

『晴くん……？　ひまちゃんが、ひまちゃんが……！』

『……っ』

『危篤なのっ、朝までは……持たないだろうって……先生が』

涙交じりの声に心臓がえぐられるように痛む。俺は電話を切ると、階下へと駆け出していた。

ひまり。ひまり……。ひまり……！

「父さん、お願いがある！」

ただごとじゃない俺の姿を見た父親は、すぐに車を出してくれた。

ひまりにもう会えないなんて、最期だなんて嫌だ。喉の奥が焼けるように熱くなり、鼻がツンとする。目の前はずっとボヤけたままで、涙があふれて止まらない。親が運転する車に乗っていても気が気じゃなかった。

「はぁはぁ……」

病室の前にたどりついたときには、汗が噴き出ていた。全身が小刻みに震えている。

この扉を開けるのが怖い。でもひまりに会いたい気持ちのほうが強く、俺は意を決して引き戸を開く。

「ひまり！」

ひまりの両親とスタッフがベッドサイドを囲んでいて、俺は両親に手招きされてひまりのそばへと走り寄った。ベッドで目を閉じ、横たわるひまりの顔は青白く生気がない。

「ひまり……！　目を開けろ！」

無意識に両手で取ったひまりの手はまだ温かくて、指先が一瞬ピクリと動いた。

「ひまり？」

うっすらまぶたが開くと、焦点の合わない目で俺を探すひまり。昼間に会った時よりも生気がなく、ヒヤリとさせられた。

「俺だよ、わかる？」

はぁはぁと肩で大きく呼吸する、ひまり。

「そんな、に……慌てなくて、大丈夫、だよ」

「ひまり……っ」

「わた、し、晴くん、が来るの、ずっと、待ってた……」

たどたどしくも、ひまりは声を絞り出し、俺に伝えてくれる。そんな強い姿に、涙が込み上げた。

「は、るくん……だ、い、すき……っ」

「俺も……っ」

そう言うとひまりの手に力が込められた。同じように握り返すと、ひまりが優しく微笑んだ気がした。この温もりを忘れたくない。失いたくない。

ぐちゃぐちゃの心が、ひまりの体温を少しでも取り込もうとする。ひまりの頬に手を添え、マスクを外すと、その唇にそっとキスした。

「ふふ、ありが、とう……は、るくん」

ひまりの首元で、俺がプレゼントした四つ葉のクローバーのネックレスが光った。

『どんなお願いも叶えてくれるんだよ！　奇跡の葉っぱなの！』

じゃあひまりを助けてくれよ！　お願いだよ……っ。そのためならなんだってするから。ひまりの命を奪わないで！

——ピーッ。

そんな思いとは裏腹に、心電図のアラーム音が響くと、ひまりの心臓は動きを止めた。

「ひまり！」

涙がとめどなくこぼれ落ちる。それでもひまりは、最期の瞬間まで笑っていた。

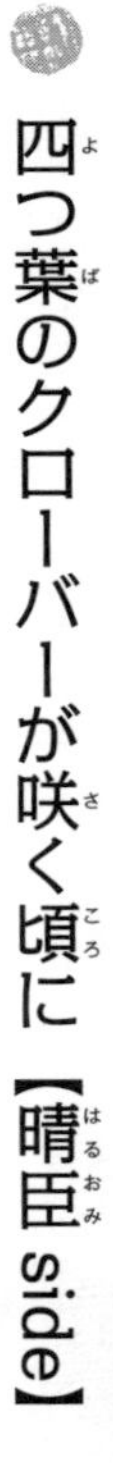

四つ葉のクローバーが咲く頃に【晴臣side】

ひまりが天国に逝ってから一か月後――。

バスに乗っていると思い出すひまりの笑顔。停留所につくと、「晴くん」と笑いながら、何事もなかったかのようにバスに乗ってくるんじゃないかって思うことがある。そして俺の隣に座るんだ。

「晴、おはよう」

教室に入ると歩が寄ってきた。

「…………」

なにもかも、どうでもいい。笑うことも泣くこともなく、毎日が生きてるのに死んでるみたいだ。

「おいおい、今日も果てしなく暗い顔してんな」

「関係ないだろ」

「関係あるよ。俺はおまえの親友だぞ？」

「…………」

歩の気づかいはよくわかる。けれど、今の俺にはそれすらも受け入れる余裕がない。ひまりはもうどこにもいないのに、世の中は絶えず同じように回っている。ひまりがいると世界は明るく温かかったのに、今は冷たく、すべてが色褪せて見えた。

「俺だって辛いんだよ……でも、おまえがそんなんじゃひまりちゃんだって――」

「ほっとけよ。もう俺に構うな」

「おい、晴……！」

教室を飛び出して、あてもなく走る。息が切れて胸が苦しい。足を止めたらとてつもない恐怖に呑み込まれそうな気がして、ひたすら走った。

「はぁはぁ……っ」

学校を抜けて駅の近くの歩道橋を駆け上がる。そこでとうとう体力がつき、体を折り曲げうなだれた。

「はぁはぁ……くっそ」

苦しい……。

四月の終わり、春のひだまりのような日。バスの中でひまりと再会したのもこんな日だった。快晴の空は、いつかふたりで見た空に似ていた。

トラックが走り抜けると、歩道橋が大きく揺れた。

次にトラックが来た瞬間ここから飛び降りたら、ひまりの元へ行けるかもしれない。

会いたい……もう一度。

一台の大型トラックが遠くのほうに見えたとき、俺は無意識に歩道橋の手すりに足をかけていた。猛スピードで近づいてくるトラック目がけて、身を乗り出す。

「晴、くん？」

そのとき、背後から名前を呼ぶ声がした。

振り返るとそこにはひまりの母親がいて、驚いた顔で俺を見ている。

「危ないから、降りて……ね？」

優しく諭すような口調だった。悲しげに垂れ下がった眉、涙で潤んだ瞳。母親の悲しみもまだ、癒えてはいないのだろう。

「ほら、手を貸すわ。ね？」

そう言われてしまい、力なく地面へと着地する。

「晴くん、よかったら、今からうちに来ない？」

「………」

「ひまりちゃんも会いたがってると思うの。それに晴くんに渡したいものもあるし」

「そんな……俺は……」

ひまりに、なにもしてあげられなかった。

「ねぇ、お願い。あの子がどう生きたかを、しっかり晴くんにも理解してほしいの」

そう言われて断れるはずがなかった。同じ痛みを分かち合う者同士、通じるところがあったのも事実。

「どうぞ、散らかってるけど……」

「お邪魔、します」

ひまりの家は、ひまりと同じ匂いがする。それだけでどうしようもないほど胸が締めつけられた。廊下の突き当たりのリビングへと通される。

仏壇には遺影が置かれていた。写真の中のひまりは制服を着て、満面の笑みを浮かべている。ひまりの母親は引き出しを開けて、そこから封筒のようなものを取り出す。

「これ、ひまりちゃんがあなたに宛てた手紙なの」

「え……」

手紙……。

「病院であの子の荷物を整理してるときに、出てきたの。ぜひ読んであげてちょうだい」

「……はい」

「それとね……すごく迷ったんだけど」

おばさんは今度は悲しげに目を伏せた。そして同じ引き出しの中から取り出した、一冊のノートを持って俺に差し出す。

「ひまりちゃんの日記なの。ここには、私たちに言えなかった、あの子の本当の気持ちがたくさん詰まってる……っ」

おばさんの目がみるみる涙で濡れていく。

「後悔したわ、もっとわかってあげられたらよかったって……でも、ひまりちゃんは誰にも気をつかわせないように……明るく振る舞って……っ」

「……っ」

ギリギリのところでとどまった涙が落ちないように、必死に歯を食いしばる。

「それが、あの子の生きた証だと思うの……。だから、晴くんにも読んでほしくて……」

日記帳と手紙を受け取ると、俺はひまりとよく来ていた停留所近くの公園を訪れた。

そよ風が気持ちいいはずなのに、心の中はぐちゃぐちゃだ。
ひまりの日記を読む覚悟なんて、俺にはない。だけど、読まなきゃいけない。ひまりが一生懸命生きた証なら、俺だって立ち向かわなきゃ……現実に。
ページをめくると、ひまりの字が並んでいた。日にちは飛び飛びで、日記といっても毎日記されているわけではなく、気が向いたときに書いていたようだった。

十月十五日
やっぱり体がおかしい。なんだか変だよ。
少し動いただけでも、息切れがする。
長く歩けない、走れない。私、どうしちゃったの？

十一月六日
晴くんとすごすはずだった誕生日。
それなのに私は病院のベッドの上にいる。

再発してるってわかってから、あっという間に今日まできた。
本当は別れたくなんかなかった。
他に好きな人がいるなんてウソ……。できるなら、ずっと隣にいたかった。
でも、ごめんなさい。晴くんを苦しめるくらいなら、離れたほうがいい。
さようなら、晴くん。
どうして病気になるのは、私だったんだろう。
抗がん剤が始まって、めちゃくちゃしんどい。

十一月十八日
髪が抜けた。全部抜けた。嫌だよ、せっかく伸ばしてたのに。辛い。嫌だ。死にたい。
食欲もない。苦しい。重病人みたい。もう全部やだ。

十二月十日
晴くんが病院まで会いに来た。
髪の毛が抜けて、やせ細った私を見ても好きだって言ってくれたんだ。

うれしくて、泣きそうになった。

一日だって晴くんを想わなかった日はない。

なにしてるかなって、ふとしたときに気になって、自分から突き放したくせに会いたいって……。毎日晴くんのことばかり考えていた。

会えなくても好きで、本当は私は、晴くんが今の自分を受け入れてくれることを心のどこかで願ってた。

こんな私を好きだと言ってくれてありがとう。

十二月二十五日
晴くんは毎日会いに来てくれる。
クリスマスプレゼントのネックレスも、うれしかったな。
それにね……久しぶりのキスにもドキドキした。
幸せだった。
調子もいいような気がする。このまま元気になれるんじゃないかな。
抗がん剤が効いてるといいな。

俺には一切弱音を吐かず、明るく前向きだったひまり。だけど、日記には胸に秘めていた苦しみが綴られていて、胸が痛くなった。

一月十五日
自分の病気を初めてネットで検索した。
見なきゃ、よかった。怖いことばかり書いてあった。
今の抗がん剤が効かなかったら、私は……死ぬかもしれない。
こんなに元気だもん。違うよね？
必ずよくなるって、晴くんだってそう言ってた。

一月二十五日
効いてなかった。もう全部がどうでもいい。

次からはもう日付けすら記されなくなった。なぐり書きのような荒々しい文字が、ひまりの心情を生々しく伝えていた。

もうやだ。死にたい。生きたくない

どうしてこんなに苦しいの。あちこち痛い。もう起き上がれない。全身あざだらけ

会いたい人に会っておかなきゃ

苑ちゃん、美奈ちゃん、歩くん、福島、ありがとう

死にたくない……怖い。夜眠れなくて恐怖しかない。寝てる間に死んじゃったらどうしよう……

晴くんと見上げた青空に、そよそよ吹く春風になりたい。風が吹いたら思い出して、私のこと。なんてね

毎日会いに来てくれてありがとう。大すき

つらくてくるしかったけど、はるくんにであえてよかった

そこからはもう、涙でぐちゃぐちゃで読めなかった。

ひまりが、俺の前では無理して笑っていたことを考えたら……胸が張り裂けそうになる。もう二度と会うことはできない。いなくなるって、そういうことだ。

なぁ、ひまり。ごめん、ごめんな。俺が弱いばっかりに、病気のひまりに気をつかわせて。

それでも俺はそばにいたかった。その考えは間違っていたのかもしれない。

好きって気持ちを押しつけて、ひまりを傷つけていたかもしれないなんて耐えられない。

「ひまり……っ」

嗚咽が漏れて、必死に唇を噛んだ。これからどうやって生きていけっていうんだよ。
会いたい……ひまりに。今でもこんなに好きなんだ。
そのとき、ひときわ強い風が吹いた。サーッと髪を揺らして、涙をからめ取っていく。
穏やかで優しい、そんな春風。
ふいに顔を上げると青空が目に入った。涙でボヤける視界に青色がまぶしい。木々の
葉がざわざわと音を立てて、心を穏やかにしてくれる。
ひまり——。そこにいんの？
もう一度風が吹いて、俺は空を仰ぐ。ふたりで見上げた空のように澄んでいた。
ひまりはいるんだな、そこに。だったら、泣いてちゃダメだよな。
ゴシゴシと涙をぬぐい、大きく息を吸う。カッコいいとこ、見せなきゃ。だって俺、
ひまりにずっとみっともないとこしか見せてないから。
ふと下を見るとクローバーとシロツメクサが咲いていた。風に吹かれて揺れながら、
気持ちよさそうになびいている。そんな中で偶然見つけた四つ葉のクローバー。
『どんなお願いも叶えてくれるんだよ！　奇跡の葉っぱなの！』
そう言って笑うひまりの笑顔が頭に浮かんだ。

日記を閉じると今度はカバンから封筒を取り出し、手紙を開いた。

はるくんへ
お元気ですか？
この手紙をよんでるってことは、わたしはもう、いないってことだよね。

晴くん、こんなわたしのそばにいてくれてありがとう。
晴くんに恋をして、わたしはしあわせでした。

つらかったけど、たのしかった。
晴くんのえがおには、人をしあわせにできるパワーがあるよ。
だからね、どうかそのえがおで、みんなをしあわせにしてあげて。
晴くんのえがおがわたしは大すき。だからずっとわらっててね。
もしもさみしくなったら、空を見上げて。
わたしはいつでもみまもっています。
四つ葉のクローバーがさくころ、春風といっしょにもどってくるから。

わたしのぶんまで生きて、しあわせになってね。

それだけがわたしのねがいです。


『生きて』

切実なひまりの願いがその文字に現れていた。まるで俺が死にたがっているのを察しているような文章。それが胸にズシリと響いた。

「わかったよ……」

空を見上げて引きつる頰を持ち上げる。

ここ最近笑ってなかったせいで、筋肉がピクピク震えた。俺の笑顔が、天国にいるひまりに届きますように。

足元の四つ葉にもそう願ってそっと目を閉じ、ただ風の音だけに耳を澄ませた。

四年後、春。

「おめでとう！」

歩が乱暴に俺の頭を撫でた。

卒業式を終えて大学の合格発表を控えていた俺たちは、叔父さんのカフェでそのときを待っていた。そしてついさっき、ネットで結果を確認したというわけだ。

「医学部に合格するなんて、やっぱりおまえはやればできる男だと思ってたよ！　今日はお祝いだなっ！」

「ま、努力したからね」

「だよな。お前この一年、人が変わったように勉強の鬼と化したもんな。愛だな、愛」

「はは」

愛だと言われて照れくさくなり、曖昧に笑ってごまかした。

ひまりのそばにいたのに、なにもしてやれなかった不甲斐ない自分。

ひまりが亡くなり、ようやくそのことに向き合えるようになったとき、自然とひまりと同じ病気で苦しんでいる人の力になりたいと思うようになった。

ひまりの病気を詳しく調べているうちに、医学はまだまだ解明されていないことも多

Diary

いと思い知った。

当然だが俺には知識も全然備わっていない。少しでもひまりの苦しみを理解したくて医学を学んでいるうちに、漠然と医者になりたいと思い始めた。

少しでも多く、ひまりのように苦しむ患者を救いたい。その一心でこの一年半本気で勉強に力を入れた。

学校では休み時間のたびに参考書を読み漁り、親に頼んで塾に通わせてもらった。ご飯も食べず、朝方までひたすら問題集を解いていたこともある。

人間本気になればなんでもできるし、目標があれば少しくらい寝なくても耐えられる。毎日のように朝起きてからベッドに入るまでの間、勉強に時間を費やしたといっても過言ではない。フラフラになって倒れかけたこともあるけど、ひまりの苦しみに比べたらどうってことはない。

ひまりの存在が胸にあるから、俺はどこまでもがんばれた。今でも忘れられない、きっとこれから先もずっと永遠に、俺の中で生き続ける大切な存在。

思い出すとまだ胸が痛むけど、あいつに胸を張れる生き方をしようとあの日に誓った。

「いやぁ、マジで今日はおめでたいよ。みんなで一緒に合格祝いしようぜ」

「俺はパス。行くとこあるから」

そのとき、ドアが開いて三人連れが入ってきた。

「日向くん、久しぶり！」

海堂が明るく笑って隣に座る。そして福島、美奈と続いた。ひまりがいなくなっても、こいつらとの縁はなぜか続いている。思い出すとまだ辛いけど、あのころよりは笑えるようになった。

「元気？」

「ああ、海堂は？」

「元気元気！　看護学部に合格もしたし、晴れて私も大学生だよ」

「へえ、福島は？」

「俺は薬学部だよ」

「あたしは栄養士！」

「みんな、俺の進路も聞いてくれ！」

「はいはい、歩は仕方ないなぁ。早く話して」

「苑ちゃん、相変わらず毒舌だね。ま、それがたまんないんだけど。俺、繊細なんだからもうちょい優（やさ）しくお願（ねが）いします」

「はいはい。で？」

「ちょっ、俺（おれ）が言（い）ってたこと聞（き）いてた？」

「あ、フレンチトーストくださーい！」

「わかった言（い）うから。俺（おれ）は研究職（けんきゅうしょく）に就（つ）くための大学（だいがく）に合格（ごうかく）しましたー！　ちなみに国立（こくりつ）の中（なか）でもトップレベルの大学（だいがく）でーす！」

「へぇ、すごいじゃん」

「頭（あたま）だけはいいもんね、歩（あゆむ）くん」

美奈（みな）も、なかなか言（い）いやがる。

「で、なんの研究（けんきゅう）をするの？」

「そんなの決（き）まってんじゃん。新薬（しんやく）の研究（けんきゅう）だよ」

「ほう、それはそれは」

「でしょ？　苑（その）ちゃん、俺（おれ）のこと見直（みなお）した？」

「うん、一（いち）ミクロンだけね」

「えー！」

その場にいた全員からドッと笑いが起こる。

歩の想いは、今も空振りのようだ。それでもひまりが残してくれた縁はきっと、この先もずっと続いていくだろう。

全員なにかしら医療に携わる職を選んだのも、ひまりが関係しているんだと思う。

楽しげな声を背中で聞きながらそっとカフェをあとにする。


忘れないよ、いつまでも。

ひまりは俺にとってかけがえのない、たったひとりの人だから。

見上げた空が青くて、自然と頬がゆるんだ。

今からひまりに会いに行く。優しく穏やかに春風が吹く、あの場所に――。

fin.

あとがき

こんにちは、みなとと申します。

初めましての方も、そうではない方も、まずはじめにこの本を手に取ってくださり、ありがとうございます。

このお話は数年前に単行本で出させてもらい、新たにジュニア文庫として生まれ変わった作品です。

ジュニア文庫向けに修正をしたのですが、久しぶりに読み返してみて、こんなお話だったんだなぁと懐かしくなりました。

ラストはわかっているとはいえ、何回読んでもとてもつらいです。作業中、何度も読んで泣いてしまいました。

悲しい場面が多いお話でしたが、ひまりは最後まで幸せだったと思います。

たくさんの思い出に包まれながら、穏やかな最後を迎えられたのではないかと思います。

ふたりが想い合い、強くなっていく姿には私も勇気づけられました。どこまでも一途なふたりの姿や胸きゅんシーンを書くのは、すごく楽しかったです。

読者のみなさんにもそれが伝わり、切ないながらも楽しんで読んでもらえていたらうれしいです。

そしてみなさんも素敵な恋をしてくださいね。青春時代は一瞬なので、今を思いっきり楽しんでください。

後悔のないように過ごして、たくさんの思い出を作ってほしいと思います。

最後になりましたが、ここまで読んでくださった読者のみなさんに深く感謝申し上げます。

機会がありましたら、また次の作品でお会いしましょう。

二〇二四年九月二十日　みなと

著・みなと

兵庫県三田市在住。家事、育児に奮闘中。超マイペースのO型で、美味しいものを食べることが大好き。暇さえあれば小説を書いている。『また、キミに逢えたなら。』で第9回日本ケータイ小説大賞の大賞を受賞し、書籍化。著書多数。

絵・Sakura（さくら）

透明感のある作風が得意なイラストレーター。装画、MV アートワーク、CD ジャケット、広告など幅広くイラストを提供。

余命半年、きみと一生分の恋をした。

2024 年 9 月 20 日 初版第 1 刷発行

著　　者　みなと
発 行 人　菊地修一
デザイン　北國ヤヨイ（ucai）
発 行 所　スターツ出版株式会社
〒104-0031 東京都中央区京橋1-3-1 八重洲口大栄ビル7F
TEL 03-6202-0386（出版マーケティンググループ）
TEL 050-5538-5679（書店様向けご注文専用ダイヤル）
https://starts-pub.jp/
印 刷 所　大日本印刷株式会社

Printed in Japan
ISBN 978-4-8137-8175-2 C8293

本作はケータイ小説文庫（小社刊）より 2020 年 5 月に刊行された『この空の下、きみに永遠の「好き」を伝えよう。』に加筆修正をした野いちごジュニア文庫版です。

この物語はフィクションです。
実在の人物、団体等とは一切関係がありません。

ファンレターのあて先

〒 104-0031　東京都中央区京橋 1-3-1 八重洲口大栄ビル 7F
スターツ出版（株）書籍編集部 気付
みなと先生
いただいたお便りは編集部から先生におわたしいたします。